L'Évangile
au risque de
la psychanalyse

Françoise Dolto
Gérard Sévérin

L'Évangile
au risque de
la psychanalyse

TOME I

Éditions du Seuil

EN COUVERTURE : photo J. Masson

ISBN 2-02-006320-4 (éd. complète)
ISBN 2-02-005404-3 (tome II)

Introduction

GÉRARD SÉVÉRIN : C'est rare de rencontrer des psychanalystes qui, en public, se disent croyants et chrétiens.

C'est rare de rencontrer une psychanalyse qui accepte de dire et d'exposer sa foi en l'Évangile.

C'est vraiment très rare qu'une psychanalyste ne refuse pas que soit mis en livre et livré le fruit d'années de vie spirituelle et d'expérience humaine clinique.

Pourquoi consentez-vous à révéler votre manière de vous réjouir ou de jouir de votre rencontre avec l'Évangile de Jésus-Christ?

FRANÇOISE DOLTO : Dans mon enfance j'écoutais à l'église les textes des évangiles — ou je les lisais — comme des passages d'une histoire, celle de Jésus et du monde de son temps et de ces lieux de soleil.

Cela se passait « dans le temps », comme disaient, dans ma famille, les vieilles personnes qui parlaient de leur enfance, mais encore plus avant. Cela me faisait rêver, et puis les images, les tableaux me prouvaient que cela faisait rêver tout le monde et chacun se représentait son mode d'y rêver. Mais pour moi, je ne voyais aucun lien entre ces récits et le vivre autour de moi et en moi des gens, ceux de la hiérarchie d'église ou les « fidèles » comme on disait.

Et puis, j'ai grandi, comme on dit encore, j'ai souffert, j'ai été psychanalysée, je suis devenue médecin et psychanalyste. Les textes sacrés de notre civilisation helléno-judéo-chrétienne m'ont de plus en plus paru très importants.

La Bible, les évangiles se sont mis à me questionner et moi à réagir à leur lecture. Je m'étonnais de ce rebondissement d'intérêt au fur et à mesure de l'expérience de la vie, et surtout de la clinique psychanalytique, de la découverte de la dynamique de l'inconscient tel que depuis Freud nous en découvrons la force et en décodons les lois.

Il me semble de plus en plus que ce que nous découvrons de l'être humain, ces textes le charrient et le donnent à entendre. Ça parle dans ce trésor de mots assemblés.

G.S. : Mais comment en êtes-vous venue à envisager de donner à lire vos réflexions sur ces textes?

F.D. : Un jour, rencontrant Jean-Pierre Delarge à un dîner, je ne sais comment, la conversation tombe sur la parabole du « Bon Samaritain » et son illustration du « prochain », par lesquelles Jésus nous enseigne qui aimer. Je disais qu'il ne s'agissait pas d'une morale, d'actes volontairement et consciemment engagés, mais d'une école du désir inconscient à laisser advenir — non d'une école où l'on devrait forcer le désir à se contraindre et puis jouir de son acte charitable comme d'une conquête et puis encore viser à répéter des actes faussement charitables, non plus que critiquer ceux qui, à nos yeux, manquent de charité.

Ce mode de lecture dont je témoignais paraissait nouveau à ceux qui étaient là et je me sentais une « barbare » au milieu de ces chrétiens instruits : j'admirais le texte de cette parabole pour de tout autres raisons qu'eux.

Le texte de cette parabole ne me semblait pas du tout en accord avec la morale dite chrétienne qu'on en avait tirée mais révélateur d'une dynamique inconsciente de solidarité entre des humains qui se méconnaissent, s'ignorent, comme d'une dynamique cohésive interne révélée à chacun de nous.

Il me semblait que cette leçon nous révélait une articulation quasi sacrée entre l'amour et la liberté pour ce qui est de la relation entre individus, et entre le sentiment de liberté et le sentiment d'aimer pour ce qui est de chacun de nous dans notre structure psychique de sujet désirant.

Ce jour-là, Jean-Pierre Delarge me dit : « Il faut écrire cela. » J'ai tenté de le faire. Pendant des années, j'ai écrit et raturé. Seule, cela me paraissait difficile, sinon impossible. C'est alors que je vous ai parlé de ce projet, à vous, Gérard Séverin, un soir que nous dînions chez vous. Intéressé, vous vous êtes proposé à m'y aider, vous qui êtes aussi psychanalyste et qui, par votre propre désir, étiez aussi passionné de cette recherche; et votre femme nous y a aidés, elle aussi, en mettant sur papier nos échanges parlés autour du magnétophone.

G.S. : Oui, mais vous étiez psychanalyste avant moi. Comment, bien avant la rencontre de notre éditeur, vous étiez-vous mise à cette étude, et pourquoi?

F.D. : Pourquoi? Je ne sais pas vraiment pourquoi, sinon parce que les découvertes de Freud paraissaient, quant à la psychologie humaine, aussi révolutionnaires que la révolution copernicienne.

L'Église, en son temps, ne pouvait admettre les découvertes de Copernic ni celles de Galilée à sa suite. Et pourtant, qu'y avait-il là de contradictoire au message de la Bible?

C'était, pour moi, la même aventure avec la découverte du rôle de l'inconscient dans la structure du psychisme et de ses processus structurants de l'être humain tels que la psychanalyse nous les fait comprendre.

L'Église et les « fidèles » « résistaient » devant les découvertes de Freud. Le pansexualisme! Pensez donc : l'abomination.

Et pourtant, moi je constatais que Freud et les recherches engagées à sa suite avec sa méthode prouvaient chaque jour l'existence de cet inconscient, de ce désir à l'œuvre dans un être humain, dans sa vérité sans masque, plus vraie que chez tant de ces êtres moraux, policés, tristes et raidis dans des comportements dits vertueux, privés de spontanéité, de joie et du respect de cette nature qui est en l'homme.

Cette éducation dite chrétienne, reçue par tant de nos patients, je l'ai découverte ennemie de la vie et de la charité, en contradiction totale avec ce qui m'avait paru message de joie et d'amour, autrefois, dans les évangiles. Alors, je les ai relus et ce fut le choc.

Rien de ce que l'Église du XXe siècle enseignait à ceux qu'elle formait ne me paraissait contenu ni dans la Bible ni dans les évangiles.

Rien du message du Christ n'était en contradiction avec les découvertes freudiennes. Du coup, me voilà décidée à continuer cette lecture.

G.S. : Et qu'est-ce que cette lecture vous apportait?

F.D. : M'apportait? Mais m'apporte toujours!

Ce que je lis dans les évangiles, en tant que formée par la psychanalyse, me paraît être la confirmation, l'illustration de cette dynamique vivante à l'œuvre dans le psychisme humain et de sa force qui vient de l'inconscient, là où le désir prend source, d'où il part à la recherche de ce qui lui manque.

La vie, l'effet de vérité toujours nouvelle que la fréquentation des évangiles engendre dans le cœur et l'intelligence sont un appel, au jour le jour renouvelé, à dépasser nos processus logiques conscients. Ce sont les mêmes mots et ils semblent toujours révéler un sens nouveau au fur et à mesure de notre avancée dans notre temps, au décours de nos expériences. C'est cela qui me passionne.

Les évangiles ne cessent de nous questionner, quelles que soient les réponses déjà trouvées. Ces textes, ces suites de mots, comment se fait-il donc qu'ils fassent choc à notre conscience et ondes de choc jusque dans l'inconscient, y ressourçant joie et désir de connaître, de connaître ce royaume de Dieu?

Voilà bien des raisons d'oser publier mes réflexions. Il y a certes nombre de motivations, dont la psychanalyse nous révèle que chacun de nous y participe, mais en ignorant une bonne part, et qui certainement sont narcissiques, et pourquoi pas?

Lire les évangiles c'est entendre de ceux qui l'ont vu, entendu, et en témoignent, cet être de chair, Jésus, lorsqu'il vivait sur terre en son individuation à nos yeux disparue. Il parle à mon être actuellement individué. Il parle à mon cœur et incite mon intelligence à l'entendre et à désirer sa rencontre.

Et vous, là où il est, où nous le cherchons, ne désirez-vous pas, comme moi, advenir, puisque tous il nous a conviés, les enfants, les barbares, les paumés, les instruits, tous, par ses mots et ses actes, jalons de l'itinéraire à suivre jusqu'à la fin des temps?

Ne pouvons-nous pas, nous aussi, psychanalystes, par notre formation et par métier, parler aussi de lui en nous interrogeant l'un l'autre, comme d'autres l'ont fait, comme d'autres le font et le feront, autrement, et tous appelés, par désir, à sa recherche?

> G.S. : La critique qu'on pourra vous faire, c'est qu'à partir d'un mot, d'une phrase des évangiles, vous dites beaucoup de choses, par exemple sur la castration, sur la vie du désir, etc. Autrement dit, est-ce qu'en vous lisant, on ne découvrira pas davantage Françoise Dolto que Jésus lui-même, votre théorie ou votre inconscient plutôt que l'Évangile?

F.D. : En lisant les évangiles, je découvre un psychodrame. Les mots mêmes avec lesquels ils sont racontés, la sélection des phrases, le choix de certains thèmes peuvent être entendus, je le redis, d'une autre manière depuis la découverte de l'inconscient et de ses lois par Freud. Les découvertes actuelles de la psychanalyse, dialectique et dynamique de l'inconscient, à la lecture que j'en fais, sont illustrées par ce psychodrame qu'on nous relate.

A l'élaboration des évangiles président, entre autres, les lois de l'inconscient de Jésus, des rédacteurs et des premiers auditeurs. Ces lois font partie intégrante de la structure de ces récits. Pourquoi ne pas aborder leur lecture avec ce nouvel outil : la psychanalyse?

G.S. : Mais alors, vous psychanalysez Jésus, Marc, Matthieu, Jean, et Luc?

F.D. : Pas du tout. La lecture des évangiles, je le répète, produit d'abord un choc en ma subjectivité, puis, au contact de ces textes, je découvre que Jésus enseigne le désir et y entraîne.

Je découvre que ces textes de deux mille ans ne sont pas en contradiction avec l'inconscient des hommes d'aujourd'hui.

Je découvre que ces textes illustrent et éclairent les lois de l'inconscient découvertes au siècle dernier. C'est tout.

G.S. : Ces textes ont donc le même pouvoir que les contes de fées?

F.D. : Ils ont un pouvoir bien plus surprenant. Voici deux mille ans que les évangiles sont lus, ils font toujours effet de vérité au plus profond de tout être qui les lit. C'est à la recherche des sources de cette vérité que je me suis intéressée.

Qu'ils soient historiques ou pas, ces textes sont un torrent fantastique de sublimation des pulsions. Des écrits qui saisissent à ce point ne peuvent être négligés. Ils méritent que, formés par la psychanalyse, nous cherchions de cette dynamique qu'ils ont sous-tendue la clé.

sous-tendre-
↳ underlie.
lie behind

La « *Sainte Famille* »

Évangile selon saint Luc
Lc 1, 26-38

En ce temps-là l'ange Gabriel fut envoyé par Dieu dans une ville de Galilée appelée Nazareth vers une vierge qui était fiancée à un homme nommé Joseph, de la maison de David, et le nom de cette vierge était Marie.

L'ange étant entré dans le lieu où elle se trouvait, lui dit : « Je vous salue, Marie, pleine de grâces; le Seigneur est avec vous; vous êtes bénie entre toutes les femmes. »

En entendant ces mots, elle fut troublée et se demandait quelle pouvait être cette salutation. L'Ange lui dit : « Ne craignez pas, Marie, car vous avez trouvé grâce auprès de Dieu : voici que vous concevrez dans votre sein et que vous mettrez au monde un fils; et il recevra le nom de Jésus. Il sera grand et sera appelé Fils du Très-Haut, et le Seigneur Dieu lui donnera le trône de David, son père; et il régnera éternellement sur la maison de Jacob et son règne n'aura pas de fin. »

Marie dit à l'Ange : « Comment cela se fera-t-il car je ne connais pas d'homme? » L'Ange lui répondit : « L'Esprit Saint surviendra en vous et la vertu du Très-

Haut vous couvrira de son ombre. C'est pourquoi l'Être
saint qui naîtra de vous sera appelé Fils de Dieu. Et
voici qu'Elisabeth, votre cousine, a conçu elle-même un
fils dans sa vieillesse, et celle qu'on appelait la stérile est
à son sixième mois car rien n'est impossible à Dieu. »

Alors Marie dit : « Voici la servante du Seigneur, qu'il
me soit fait selon votre parole. »

Évangile selon saint Matthieu
Mt 1, 18-25

Marie, mère de Jésus, ayant été fiancée à Joseph
avant qu'ils eussent habité ensemble, elle se trouva
enceinte par la vertu de l'Esprit Saint. Joseph, son mari,
étant juste et ne voulant pas la dénoncer publiquement,
forma le dessein de la répudier secrètement. Comme il y
pensait, voici qu'un ange du Seigneur lui apparut en
songe, disant : « Joseph, fils de David, ne crains pas de
prendre chez toi Marie, ton épouse, car ce qui est conçu
en elle est l'œuvre de l'Esprit Saint. Elle enfantera un
fils, et tu lui donneras le nom de Jésus car il sauvera son
peuple de ses péchés. »

Or tout ceci advint pour accomplir cet oracle pro-
phétique du Seigneur : « Voici que la Vierge concevra et
enfantera un fils, auquel on donnera le nom d'Emma-
nuel, nom qui se traduit : " Dieu avec nous ". »

Une fois réveillé, Joseph fit comme l'Ange du Seigneur
lui avait prescrit; il prit chez lui son épouse et, sans qu'il
l'eût connue, elle enfanta un fils auquel il donna le nom
de Jésus.

G.S. : Joseph est un homme sans femme. Marie est une femme sans homme. Jésus est un enfant sans père. Peut-on alors parler de vraie famille?

F.D. : Oui, on peut parler de vraie famille, au point de vue de la responsabilité devant la loi.

La famille animale n'existe pas devant la loi. La famille est un terme humain qui entraîne devant la loi la responsabilité réciproque des parents pour l'éducation d'un enfant.

De la famille découlent aussi la participation aux biens, à la fortune commune du groupe ainsi qu'à ses épreuves communes et une manière de vivre et de parler accordée aux mœurs du groupe.

Mais votre question vient de ce que, dans cette partie des évangiles, il y a du mythe.

G.S. : Mais alors, qu'est-ce qu'un mythe pour vous?

F.D. : C'est une projection des imaginaires préverbaux, du ressenti du vivre dans son corps. Quand je dis mythique, je dis au-delà de l'imaginaire particulier de chacun; c'est une rencontre de tous les imaginaires sur une même représentation.

G.S. : On peut préciser aussi que le mythe nous dit toujours comment quelque chose est né. Ici, nous assistons à la naissance de Jésus-Christ et du Nouveau Testament.

Le mythe participe aussi du mystère, c'est-à-dire qu'il révèle une vérité. Ce mythe des origines du christianisme est riche et lourd de sens.

Bien souvent, on accepte la grandeur et l'épais-
seur humaines des mythologies grecques ou hin-
doues, par exemple, tandis qu'on néglige sur ce
plan les ressources des mythes judéo-chrétiens. Il
est vrai que pour le croyant ces traditions le
concernent sur un autre plan. Peut-être est-ce une
certaine peur de l'au-delà ou du transcendant qui
empêche la plupart des incroyants d'en être parti-
sans?

F.D. : Sans doute. Pour la « Sainte Famille », comme
disent les catholiques, il ne fait aucun doute que les
évangiles qui racontent l'enfance de Jésus s'expriment
par des images mythiques, mais ils véhiculent aussi un
mystère, une vérité.

Il y a du mythe dans ces passages d'évangiles. C'est
certain. Mais, pour moi, croyante et psychanalyste, il
n'y a pas que cela.

Que savons-nous avec nos connaissances biologiques,
scientifiques, de l'amour et de son mystère? Que
savons-nous de la joie?

De même, que savons-nous de la parole? N'est-elle
pas fécondatrice? N'est-elle pas parfois porteuse de
mort?

Que savons-nous de cette extraordinaire alchimie
qu'est la greffe chez les végétaux, phénomène pourtant naturel. Déjà Virgile en avait chanté le prodige! Il
parle de la vigne greffée, étonnée de porter sur ses
branches des fruits qu'elle ne reconnaît pas!

Et si la parole reçue par Marie était l'instrument de
la greffe de Dieu sur ce rameau de David?

Et, même s'il n'en est pas ainsi, que Jésus, en tant

qu'homme, soit conçu de la rencontre charnelle de Marie et de Joseph, je n'y vois au fond aucun inconvénient! En effet, ce n'est pas cette rencontre charnelle qui a fait que son destin d'homme incarne totalement Dieu.

Vous comprenez donc que toutes les discussions gynécologiques concernant la Vierge m'apparaissent comme des ergotages imbéciles, de même les sous-entendus moqueurs touchant le statut marital de Joseph.

> G.S. : L'Ange annonce à Marie : « La puissance du Très-Haut te couvrira d'ombre. » Où est Joseph?

F.D. : Mais l'ombre de Dieu, tout homme ne l'est-il pas pour une femme qui aime son homme?

La puissance et l'ombre de Dieu qui couvrent Marie peuvent être la charnalité d'un homme qu'elle reconnaît comme époux.

> G.S. : Pourtant, il semble que Joseph ne se reconnaît pas l'époux de Marie ou du moins comme le géniteur de Jésus. En effet, il veut répudier Marie quand il apprend qu'elle est enceinte. Et Marie dit par ailleurs : « Je ne connais pas d'homme. »

F.D. : Il faut chercher à découvrir ce que veulent dire ces textes.

Cette révélation de la conception de Jésus est faite à Marie dans sa veille et à Joseph dans son sommeil, dans un rêve. C'est dire que les puissances phalliques, créatrices féminines du désir de Marie sont éveillées, disposes, tandis que les puissances passives du désir de Joseph sont au maximum.

Autrement dit, Marie désire. Elle sait, par l'intervention de l'Ange (là c'est une manière de parler mythique), qu'elle deviendra enceinte. Mais, comment? Elle n'en sait rien. Mais, comme chaque femme, elle espère, elle désire être enceinte d'un être exceptionnel.

Quant à Joseph, il sait par l'initiation reçue dans son sommeil, que pour mettre au monde un fils de Dieu, il fallait que l'homme se croit y être pour très peu.

Nous sommes loin, voyez-vous, de toutes les histoires de parturition et de coït. Ici est décrit un mode de relation au phallus symbolique, c'est-à-dire au manque fondamental de chaque être. Ces évangiles décrivent que l'autre, dans un couple, ne comble jamais son conjoint, que toujours il y a une déchirure, un manque, une impossible rencontre, et non pas une relation de possession, de phallocratie, de dépendance.

En Joseph, rien n'est possessif de sa femme. De même que rien, en Marie, n'est *a priori* possessif de son enfant. Fiancés, ils font confiance à la vie, et voilà que le destin de leur couple en surgit. Ils l'acceptent.

> G.S. : On dirait un couple d'aujourd'hui, un couple hors mariage!

F.D. : C'est un couple, au contraire, exemplairement marié : l'enfant n'est pas le fruit d'une passion mais d'un amour.

Leur désir est décrit comme transcendé dans l'amour de leur descendance et, de plus, ils ont soumis leur vie, leur destin aux Écritures.

Pour moi, c'est parce qu'ils sont soumis aux Écritures, c'est-à-dire à la Parole de Dieu écrite, qu'ils sont un

couple exemplaire, un couple de paroles justement. Parole
reçue. Parole donnée.

Parole donnée qui est venue de la parole reçue créatrice et fécondatrice. Parole donnée de faire sien cet
enfant. Parole donnée de faire confiance, d'être mère sans
savoir comment...

Parole écoutée par Joseph qui voit que sa femme est
enceinte alors qu'il ne se sent pas être l'auteur de cette
grossesse. Il lui est dit dans son sommeil : « Elle porte
l'enfant de Dieu, ne l'abandonne pas. »

Parole écoutée pour sauver l'enfant, à la veille du massacre des Innocents, là encore, dans son sommeil, dans
un rêve! Et Joseph se soumet à cette obéissance, et cet
enfant n'est peut-être pas l'enfant de sa chair.

G.S. : Il n'en serait donc pas le père?

F.D. : Peut-être! Il faut dire que, souvent, on fait la
confusion entre père et géniteur. Il faut trois secondes à
l'homme pour être géniteur. Être père, c'est une tout
autre aventure.

Être père, c'est donner son nom à son enfant, c'est
payer de son travail la subsistance de cet enfant, c'est
l'éduquer, l'instruire, c'est l'appeler à plus de vie, plus de
désir... C'est bien autre chose que d'être géniteur. Tant
mieux, peut-être, si le père est le géniteur, mais, vous
savez, il n'y a que des pères adoptifs.

Un père doit toujours adopter son enfant. Certains
adoptent leur enfant à sa naissance, d'autres quelques
jours après, voire quelques semaines plus tard, d'autres
l'adopteront quand il parlera, etc. Il n'y a de père
qu'adoptif.

Et j'ajoute qu'un homme n'est jamais sûr d'être le procréateur, il doit faire confiance à la parole de sa femme.

Ainsi, la densité humaine de chaque couple se retrouve dans l'histoire du couple que forment Joseph et Marie. Mais, en retour, ce couple extraordinaire nous aide à découvrir ce qu'il en est de la profondeur d'une rencontre entre un homme et une femme ordinaires.

G.S. : Que serait une famille, aujourd'hui, dans laquelle la mère serait vierge, où une vierge serait mère?

F.D. : Mais c'est ce que nous rencontrons chaque jour. Tout fils voudrait que sa mère fût vierge. C'est un fantasme qui vient de la nuit des temps, lorsque le fils était dans l'utérus. Là, il n'a aucun rival. Il ne connaît l'existence de l'homme de sa mère que lorsqu'il est doué d'audition, de vision et de discrimination des formes de ceux qui entourent sa mère. Donc, pendant un très long temps de sa vie, le garçon, par ses désirs hétérosexuels imaginaires qui sont anticipateurs de sa vie d'adulte, peut croire qu'il comble le désir de sa mère. Adolescent, il voudrait continuer sa vie sur les données archaïques de son désir.

G.S. : Mais la virginité dont parlent les évangiles c'est quand même autre chose que des fantasmes mal liquidés!

F.D. : Oh oui... Être vierge c'est être disponible. Pour la femme vierge, pour l'homme vierge, la parole devient

plus importante que la chair. Ici, la parole de Dieu est
plus importante que la chair.

C'est pour cela, me semble-t-il, que l'Église veut que
Marie soit vierge avant et après l'accouchement, comme
si elle avait accouché d'une parole, — comme si c'était
une parole, la Parole de Dieu, le Verbe, qui était sortie
d'elle, et non une masse charnelle qui aurait jailli, dans
l'espace, à travers son corps charnel de génitrice.

> G.S. : En chaque être humain, qu'il soit homme ou
> qu'il soit femme, il y a un homme et une femme,
> il y a donc Joseph et Marie, il y a l'aimant qui
> donne et l'aimant qui reçoit.

F.D. : Nous avons tous une disposition à la maternité
qui peut être vierge et rester vierge, de même qu'une
disposition à la paternité. Qu'est-ce à dire, sinon que
nous pouvons porter les fruits d'une parole reçue d'un
autre?

Notre pensée peut être fécondée par une idée venue
d'ailleurs, sans savoir qui nous l'a donnée. Or, ce qui
est psychologiquement vrai ne pourrait-il pas l'être spirituellement?

C'est cela que représente Marie : elle est une image,
une métaphore de la parfaite disponibilité. C'est cela
que représente Joseph : sa virginité, sa chasteté comme
époux et père médiatisent la même vérité : être disponible. Chacun d'eux, elle éveillée, lui endormi, accueille
la Parole de Dieu. Leur désir acquiesce dans leur chair
à celui de Dieu qui désire s'incarner homme.

L'important c'est que les mots relatant l'incarnation
de Dieu dans l'espèce humaine continuent à poser pro-

blème : ils confrontent sans cesse notre rapport au désir et à l'amour.

Le fantasme de mère-vierge, fantasme masculin, y trouve sa résonance. En s'identifiant à Jésus, puis à Jean, un homme, dans un amour de cœur à cœur à Marie, rédime et transcende son attachement fœtal, oral, charnel d'individu porté, né et nourri par sa mère humaine. Pourquoi pas? Marie sert alors de transfert et de relais à tout amour filial.

Et les filles, les épouses ou les mères peuvent désaltérer avec Marie leur cœur souvent blessé, tant par leur propre mère que par l'incompréhension masculine.

> G.S. : Marie et Joseph sont pour vous des êtres de chair et des figures, j'allais dire des modèles.

F.D. : Marie est précisément la représentation chez une femme de la totale réceptivité à Dieu, à l'état de veille.

Joseph est la représentation de la totale réceptivité à la Parole de Dieu à l'état de sommeil.

L'actif dort — l'homme est actif dans son émission créatrice génitale.

La passive est éveillée et à l'écoute — la femme est passive dans sa réceptivité génitale.

C'est peut-être un exemple à méditer concernant la disponibilité consciente et inconsciente qui ne parle pas, qui écoute Dieu.

Joseph est un exemple extraordinaire, car il accepte d'élever cet enfant, justement, jusque dans son inconscient. Il sait qu'on n'a jamais les enfants qu'on a rêvés et il l'adopte. Il accepte de le protéger, de le guider, de l'instruire de la loi, de lui enseigner son métier d'homme, sans être son rival.

De quelle valeur exemplaire, les mots qui racontent cela ne sont-ils pas porteurs pour nous qui censurons des enfants au lieu de les accepter et qui « pieuvrons » nos enfants par peur ou par rivalité?

> G.S. : Terminons. On dirait que, pour vous, toutes les questions concernant la virginité de Marie, le statut marital de Joseph, etc., toutes ces questions sont finalement sans grande valeur.

F.D. : En effet, pour moi, ce sont de fausses questions, parce que tout ce qui est de la vie spirituelle est un scandale pour la chair. Tout ce qui est de l'ordre de la logique de la chair n'a pas de sens à partir du moment où nous sommes questionnés par la vie spirituelle, quand nous sommes désirants de vie spirituelle.

Bien sûr, nous savons en tant que psychanalystes que la vie charnelle peut être un piège pour le désir mais ce n'est pas parce que cela peut l'être que cela l'est toujours.

De même, nous savons que la vie spirituelle – mais est-ce encore une vie spirituelle? –, nous savons que la vie spirituelle peut être une sorte de surnarcissisme : nous nous mettons à aimer, par exemple, nos propres paroles que nous disons à Dieu, nos mots, nos phonèmes que nous émettons vers Dieu! Ce n'est pas parce que la prière risque d'être ceci qu'elle l'est toujours!

La prière est au-delà de tous nos phonèmes, au-delà de tous les sons. Elle est dans un mutisme que ne

claironner — to shout from rooftops

connaissent pas les êtres humains entre eux. Un mutisme claironnant de désir dont tout homme, toute femme, à un moment de sa vie, sent la force qui l'appelle à vivre une vie spirituelle. Ce désir peut le rendre intrépide.

> G.S. : Je ne perçois plus la relation que vous faites entre cette vie spirituelle, scandale de la chair, et la « Sainte Famille ».

F.D. : Mais la « Sainte Famille », qui n'en serait pas une puisqu'elle a l'air de ne pas être ordinaire quant au processus de la génitude sur le plan humain, cette famille focalise toutes les nécessités des processus de la génitude sur le plan spirituel. Elle indique comment on naît, comment on répond à la vie spirituelle.

Vous voyez un homme qui croit en la parole, alors qu'il est dans un sommeil profond. Ce n'est pas logique! L'homme croit aux actes, à sa puissance de corps : à celle de son sexe dans laquelle, témoin de lui-même, il met sa fierté.

Vous voyez une femme, totalement impuissante, qui, éveillée, croit à la possibilité que Dieu se manifeste par elle!

Tout cela est complètement alogique, surréaliste, et pourtant ils vivent tout à fait dans la vie de tous les jours. Ils partent en Égypte pour que Jésus échappe au massacre des soldats d'Hérode. Ils ne sont pas riches.

Ce sont de petites gens qui ont l'intelligence de la chair, du cœur et de la vie spirituelle.

Au Temple

Évangile selon saint Luc
Lc 2, 42-52

Quand Jésus eut atteint l'âge de douze ans, ses parents montèrent à Jérusalem selon la coutume de la fête de Pâque; mais, les jours de la fête étant terminés, alors qu'ils revenaient, l'Enfant Jésus demeura à Jérusalem et ils n'en surent rien.

Pensant qu'il était avec ceux de leur compagnie, ils firent une journée de chemin tout en le cherchant parmi leurs parents et leurs connaissances. Ne l'ayant point trouvé, ils revinrent à Jérusalem, à sa recherche.

Au bout de trois jours, il arriva qu'ils le trouvèrent dans le temple, assis au milieu des docteurs, les écoutant et les interrogeant. Or, tous ceux qui l'entendaient étaient étonnés de son intelligence et de ses réponses.

A ce spectacle, ses parents furent saisis d'émotion et sa mère lui dit : « Mon fils, pourquoi as-tu agi de la sorte avec nous? Voilà que ton père et moi-même nous te cherchions tout affligés. » Mais il leur répondit : « Pourquoi me cherchiez-vous? Ne saviez-vous pas que je dois être aux affaires de mon Père? » Ils ne comprirent pas

*ce qu'il leur disait. Alors, il descendit avec eux et vint à
Nazareth et il leur était soumis.*

*Or sa mère conservait toutes ces paroles dans son
cœur. Cependant Jésus grandissait en âge et en grâce
devant Dieu et devant les hommes.*

G.S. : Est-ce que Jésus a pu vivre ce complexe
nucléaire qu'on appelle le complexe d'Œdipe? Plus
simplement, est-ce que Jésus a été séparé, castré de
sa mère par Joseph?

F.D. : Normalement, le garçon résout cette séparation
d'avec sa mère vers les cinq-six ans. Je crois que Jésus a
dû vivre cette castration à cet âge-là, si j'en juge par
cet épisode du Temple. S'il n'avait pas résolu son Œdipe,
il n'aurait pas pu vivre de cette manière cette péripétie.

G.S. : Qu'est-il arrivé là de si extraordinaire?

F.D. : Jésus entre dans la vie adulte. C'est lui qui castre
alors ses parents de leur possessivité.

G.S. : Comment imaginer que Joseph et Marie
aient pu devenir possessifs de leur enfant?

F.D. : La présence permanente de Jésus à leur foyer leur
permet, comme à tous les parents, de croire que cet
enfant est à eux, qu'il leur appartient.

D'ailleurs, Marie ne dit-elle pas : « Mon enfant, pourquoi nous as-tu fait cela? » Comme si elle pensait que

Jésus leur avait joué intentionnellement un mauvais tour! Si Jésus agit comme bon lui semble ou s'il agit selon la vocation qu'il croit être la sienne, ses parents en sont donc atteints.

Pour Marie, ce que Jésus vit est dirigé contre elle et Joseph : « C'est à nous qu'il fait cela! » Vous voyez la vie des parents et celle de l'enfant sont ici bien imbriquées, étroitement liées. N'est-ce pas être possesseur d'un enfant, comme tous les parents du monde le deviennent s'ils n'y prennent garde?

Ainsi, comme chaque enfant doit le faire, Jésus, je le redis, castre ses parents de leur possessivité. Il nous montre là le développement exemplaire d'un enfant dans une famille.

Il a douze-treize ans, il entre dans la vie adulte.

Il ne quitte pas ses parents, mais il n'est plus l'enfant. Il est le fils.

Chez les juifs on est homme à douze-treize ans. Ainsi, une synagogue n'est-elle pas d'abord un bâtiment en pierre mais d'abord un lieu où il y a dix hommes de treize ans et plus. Ils représentent la communauté. La synagogue est un lieu au sens humain et social du terme.

Jésus dit donc à ses parents : « Je dois être aux affaires de mon père. » Ils savent cela mais ils ne savent pas que Jésus le sait déjà. Ils ne comprenaient pas. Ils sont très angoissés et cette séparation leur fait mal. Mais tout cela est entré en eux et ils en gardent trace dans leur cœur.

G.S. : Jésus assume donc maintenant de se savoir à Dieu, aux affaires de son père. Il a « tué » l'enfant Jésus! Un « glaive de douleur » perce le cœur des parents. Mais en quoi est-il exemplaire?

éclore – to bloom, open out

F.D. : D'abord, Jésus se sépare de Marie en tant que mère humaine : « Je ne t'appartiens pas. J'étais ton enfant, mais maintenant, je suis aux affaires de mon père. J'ai ma propre voie à suivre, ma vocation. »

Puis pour Joseph, Jésus joue un rôle de révélateur. Il répète l'Annonciation de l'Ange faite à Joseph dans son sommeil : « Tu n'as pas été trompé, je ne suis pas à toi, je suis cet enfant du Très-Haut. »

Il n'appartient ni à Marie ni à Joseph.

Il se met cependant encore sous l'obédience de Joseph pour continuer son adolescence. Il reconnaît dans ce père celui qui lui donne des armes humaines et qui le construit, car il faut être solide pour devenir charpentier. Il faudra être solide pour chasser les vendeurs du Temple. Il ne grandit pas comme un clerc qui vit uniquement dans les livres ni comme un jeune attardé, apparemment soumis, par crainte ou dépendance, tout en ayant perpétuellement un compte à régler avec son père.

C'est exemplaire pour un garçon que de se séparer de sa mère et de découvrir la direction de sa vie avec l'aide et le soutien de son père.

Le temps de l'enfance de Jésus s'achève avec cet événement significatif. Éclôt l'homme en Jésus. Par ces paroles incompréhensibles à ses parents, il dit qu'il assume le désir auquel sa filiation l'appelle.

G.S. : Jésus a donc donné à ses parents la castration que tous les parents devraient recevoir de leur enfant. En cela il est un exemple. Mais qu'en est-il de cette scène où, enfant prodige, il tient la vedette?

tenir la vedette – to be in the limelight

F.D. : Après avoir disparu, Jésus est retrouvé par ses
parents angoissés : maintenant il se sent responsable
des affaires de son Père. La boucle est bouclée, l'éducation spirituelle de Jésus est faite. Il a douze ans, il sait, il
affirme, il déclare sa vocation.

C'est une vocation, c'est-à-dire qu'il se sent appelé,
attiré, et son désir de répondre à cet appel suscite en lui
des forces pour lâcher le passé et orienter et sa vie et
tout son désir vers la réponse à cet appel.

Il faut donc avoir ressenti un appel, et avoir et des
forces et le désir pour y répondre.

Il se sent aimanté par une aspiration. Pour y arriver,
il lâche tous les autres désirs parasites. Attracté par l'in-
vitation qu'il ressent, il ne peut qu'y répondre sinon il se
renierait. Secondaire apparaît alors l'angoisse de peiner
ses parents qui n'avaient pas misé sur cette direction de
leur enfant, qui ne s'attendaient pas à ce qu'il devienne
si différent d'eux, si vite.

G.S. : Bien des enfants, dès douze ans, désirent
ainsi embrasser une voie, ils en rêvent, ils s'y pré-
parent.

F.D. : Oui, et cet élan, ce désir, est toujours à respecter
même si les parents ne comprennent rien à ce désir
licite mais non habituel pour ceux de l'entourage.

G.S. : Bien des enfants se fourvoient pourtant par
un désir qui fait long feu.

F.D. : C'est vrai aussi. C'est pourquoi il est important
que ce désir puisse se manifester devant des gens qui

ont une connaissance de ce qui attire le jeune. Ceux-ci
confirment le jeune, l'assurent de la validité de sa vocation et, en l'acceptant parmi eux, lui signifient que la
réalité peut être le champ où son désir jusque-là encore
imaginaire trouvera à s'affirmer créatif.

A douze ans, à Pâque, à Jérusalem, Jésus se sépare
pour la première fois de ses parents.

Il est appelé, il répond. Au Temple il parle, les docteurs écoutent : Il est aux affaires de son Père.

En petit enfant

Évangile selon saint Marc
Mc 10, 14-15

« *Laissez venir à moi les petits enfants, ne les empê-
chez pas, car c'est à leurs pareils qu'appartient le
Royaume de Dieu. En vérité je vous le dis, quiconque
n'accueille pas le Royaume de Dieu en petit enfant,
n'y entrera pas.* » *Puis il les embrassa et les bénit en leur
imposant les mains.*

Évangile selon saint Matthieu
Mt 19, 4-5

« *... Le Créateur dès l'origine les fit homme et femme
et il a dit : L'homme quittera son père et sa mère pour
s'attacher à sa femme...* »

G.S. : Voici les enfants promus modèles de vie.
Mieux (ou pire), Jésus invite chaque homme à
retrouver l'enfant qui est en lui pour accueillir le
Royaume de Dieu. C'est la condition pour Vivre.

shortcut (path)

Hors de cette mutation, pas de salut, semble-t-il. Par ailleurs, la psychanalyse ne dit-elle pas que pour vivre il nous faut « tuer » et le père et la mère, et qu'en chacun de nous il y a toujours un enfant à « tuer » aussi?

F.D. : Dire qu'il faut accueillir le Royaume de Dieu en petit enfant, c'est dire : « Lâche ton père et ta mère. » Cela a le même sens. Ce raccourci peut paraître abrupt, et pourtant...

Quand le petit enfant naît, il n'a pas encore de père ni de mère : il ne les con-naît pas. Pour survivre, il ne peut se passer d'adultes qui vont l'entretenir, le protéger, l'élever. Mais, quand il naît, a-t-il un père? A-t-il une mère? Pas encore.

Son père et sa mère géniteurs l'ont construit physiologiquement, mais c'est après sa naissance et quelquefois longtemps après qu'ils vont, consciemment ou non, l'éduquer, le faire se construire psychologiquement, jour après jour, en référence à eux, à ce qu'il reçoit ou non, à ce qu'il perçoit de leur amour ou de leur indifférence. Il parle le langage entendu d'eux mais, de jour en jour plus autonome, l'enfant doit abandonner la formation reçue de ses parents pour Être.

G.S. : Vous voulez dire qu'au lieu d'être l'objet de l'éducation que dispensent ses parents, l'enfant va se situer comme sujet de ses désirs?

F.D. : Oui, par-delà père et mère, d'abord modèles à grandir, il se découvrira enfant devenant homme ou femme, comme en leur temps ses parents l'ont été, conditionnés par leurs propres parents. Alors, il pourra se découvrir enfant de Dieu, au même titre que son père et sa mère et que tout être humain. S'il lâche donc son père et sa mère, il pourra découvrir sa vie, la Vie.

> G.S. : Souvent les pédagogues ou les parents essaient, en donnant vie aux enfants, de leur donner aussi leur style de vie, leurs cadres, leurs méthodes propres. L'enfant finit par confondre projet et échafaudage, direction et signaux, élan, ardeur, passion et conditionnement, emballage!

F.D. : Les parents, les maîtres, les mieux intentionnés soient-ils, ne peuvent faire autrement que de guider à leur manière de vivre, de voir, de sentir. Cela est conscient. De plus, inconsciemment, qu'ils aient ou non des désirs d'éducation, ils sont des exemples, malgré eux. Cela fait partie intégrante de l'éducation, de l'apprentissage. C'est charnellement et psychologiquement humain. Bien sûr, ce n'est pas spirituel.

Nous devons retrouver la source de nous-même, c'est-à-dire devenir et notre propre père et notre propre mère et donc notre propre enfant. Ainsi, après avoir fatalement passé par le style de tel ou tel parent, aîné ou maître, nous avons à nous inventer.

Que chacun devienne l'artiste de ce qu'il a reçu!

L'enfant, né viable, possède tout ce qui lui est nécessaire pour exister, mais, pour survivre et se développer jusqu'à devenir un être autonome, sociable et responsable, il a besoin d'aide, d'exemples et de guidance. Il a besoin des autres. Il a besoin pour sa croissance et son développement d'aide matérielle, de langage, de l'appui de ceux qui l'entourent et l'aiment, qui l'informent, mais aussi, en quelque chose, le déforment s'il ne se dérobe pas au tout de cette formation.

Le Christ enjoint à celui qui a atteint l'âge de raison, acquis grâce à cette mère et ce père humains, de les quitter et de retrouver vis-à-vis de Dieu cette disponibilité totale du départ.

Cette confiance que l'enfant offre à ses parents l'Évangile nous invite à la vivre à l'égard de Jésus.

Il est itinéraire, nourriture, amour, compassion, réconfort aux pires moments de solitude et de souffrance, comme les parents l'étaient pour leur enfant.

G.S. : Il nous invite donc à retrouver notre principe, notre foyer, la source naïve et éveillée de notre première jeunesse, tous les jours.

F.D. : Jésus magnifie le pouvoir et le savoir naturels de l'enfance. « Laissez les petits enfants venir à moi » ne veut-il pas dire : « Laissez vos enfants advenir à leur liberté ? » C'est-à-dire : « Ne les retenez pas dans leur élan qui les pousse vers une expérience qui les appelle. Ayez foi dans la vie qui anime leurs attirances, n'entravez pas leur désir d'autonomie. Que chaque petit enfant arrive à dire : " Moi ", et non pas : " Moi-ma-maman ", " Moi-mon-papa ", " Moi-mon-camarade ", mais " Moi-Je ". »

G.S. : Mais qu'est-ce que « je » ?

F.D. : Pour moi, ce « je » grammatical focalise une synthèse en marche, une cohésion ressentie, là, dans notre

One day at a time

corps, lieu de temps et d'espace, croisé, face à ces autres : les « tu », les « ils » et « elles », les « nous », les « vous ». Le Christ est JE, modèle de tous ceux qui, à partir du dire « moi », puis « moi-je », se sentent spirituellement appelés à la Vérité qui appelle tout homme, par-delà les mots, au Verbe de son être, participant de Dieu.

Quand il dit : « Laissez venir à moi », cela revient à dire, pour lui : « Laissez venir à MOI-JE les petits enfants. »

Et comme JE SUIS et comme MOI, SUIS JE, cela revient à dire JE SUIS, fils de JE SUIS[1].

Laissez donc venir chaque enfant à sa filiation à l'ÊTRE, être humain, au jour le jour, à la minute la minute. C'est le présent permanent, individualisé au masculin ou au féminin tel que chacun de nous est conçu.

Chacun porte en soi l'intuition de cette éternelle création au présent, ce verbe présentifié dans l'incarnation de chacun, verbe incarné en nos particularités génétiques, ethniques, langagières individuelles.

Au lieu de cette identification aux adultes géniteurs et au lieu de cette dépendance à eux, dépendance émotive, temporelle, sensuelle, est le désir sans mélange d'Être. Au-delà de l'Avoir, du Savoir, du Pouvoir dont les moyens d'user et de mésuser sont enseignés par la génération adulte, existe le désir d'Être.

C'est d'une césure de la zone d'influence de la génération parentale que surgit la liberté dans l'invention du Désir de la génération des fils et des filles.

---

1. JE SUIS étant le nom de Dieu dans l'Ancien Testament : Dieu se nomme, en effet JE SUIS celui QUI SUIS. (Ex 3, 14; Jn 8, 24.)

Course ou saut qui paraît imprudent surtout aux parents. Piégés qu'ils sont dans leur rôle de responsables auxiliaires du corps de leur enfant, ils se croient aussi fondés à diriger son désir.

Course ou saut imprudent auquel le Christ attire celui ou celle qui est séduit par lui.

En effet, le Christ ne dirige pas, il attire. Le Christ ne commande pas, il appelle.

> G.S. : Vous redites là un thème qui vous est cher : les parents ne doivent pas conserver leurs enfants sous leur dépendance possessive ou moralisatrice...

F.D. : Mais le Christ l'a dit avant moi. Il faut quitter père et mère! Ce n'est pas d'abord un thème qui m'est cher, c'est une proposition fondamentale de l'Évangile.

« Laissez-les venir à moi, laissez-les désirer qui JE SUIS. C'est dans leur désir de venir à moi qu'ils trouveront leur vérité, leur itinéraire. » Et chacun deviendra, appelé par le Verbe, qu'il a symbolisé au jour de sa conception attribut du sujet du verbe Être, attribut de « Je Suis ». Par delà son prénom et son patronyme, chacun sera nominatif : sujet et attribut de sa vérité en marche, en devenir, avec, à l'horizon, ce but jamais atteint du JE SUIS.

> G.S. : Mais tout cela est vécu par n'importe quel humain. Le géniteur charnel qu'est un père humain donne à son enfant toutes les potentialités du Désir. Le géniteur et la génitrice donnent à l'œuf humain toutes les possibilités du Désir, mais le

parcellaire - patchy

pédagogue, le père dans la réalité, et l'éducatrice,
la mère dans la réalité, ne donnent à l'enfant,
parmi ces potentialités, que celles qu'ils reconnaissent en eux, par identification. Quelle nouveauté apporte ici le Christ?

F.D. : Quand Jésus dit : « Laissez venir à moi les petits
enfants... » ce n'est pas n'importe qui qui parle, c'est le
Fils de Dieu. Il dit ainsi : « Par delà l'identification à
votre père et à votre mère, vous devez être initiés à votre
Désir, ce référant à Dieu. Ne restez pas enclos dans
votre désir dépendant de vos parents, représentants
parcellaires de Dieu pour un temps, celui de votre petite
enfance, quand vous étiez physiquement immatures. »
   En effet, les parents représentent Dieu pour l'enfant,
parce que l'enfant est petit et que les parents sont grands.
Parce que l'enfant est une petite masse, une parcelle d'une
grande masse porteuse, et que pour lui les parents représentent le modèle adulte charnel qu'il brigue d'égaler.
   A cause de cette dépendance charnelle, l'enfant peut
croire que l'être humain adulte est le représentant même
du Désir, alors qu'en fait les parents ne sont que tempo-
rairement représentants de la loi du Désir dans l'ethnie
qui est la leur. L'enfant grandissant peut toujours
croire que son père, sa mère sont matériellement représentants de Dieu. C'est là une perversion.
   Le Christ disant : « Laissez venir... les enfants », dit :
« Ces enfants ne sont pas à vous, ils sont à moi, Fils de
Dieu, ils sont comme moi, enfants de Dieu ayant pris chair
par votre médiation. Vous êtes comme moi enfants de
Dieu, ayant pris chair par la médiation de vos parents, eux-
mêmes enfants de Dieu. Devant Dieu, ils sont vos égaux.

Laissez-les venir à la liberté de désirer que Dieu soutient. » C'est tout.

G.S. : A partir du moment où un être focalise son amour sur le Christ et sur ce qu'il dit, il a toute liberté?

F.D. : Oui, mais quel conseil scandaleux pour nous, parents humains, attachés par toutes les fibres de notre cœur à nos enfants, et eux à nous : les laisser prendre des risques qui nous angoissent Et, pour eux, faire de la peine, et entraîner la désapprobation de leurs parents!

Un enfant sait bien que c'est auprès de père et mère qu'il a connu l'amour et la sécurité. Eh bien, ces valeurs de vie, il va aller les chercher non plus en ses parents mais en Jésus.

Qui de nos jours oserait le dire à son enfant?

Cana

Évangile selon saint Jean
Jn 2, 1-11

*Le troisième jour, il y eut des noces à Cana de Galilée,
la mère de Jésus s'y trouvait. Jésus fut invité aussi à ces
noces avec ses disciples.*

*Le vin venant à manquer, la mère de Jésus lui dit :
« Ils n'ont plus de vin. » Jésus lui répond : « Femme, qu'y
a-t-il entre toi et moi? Mon heure n'est pas encore venue. »*

*Sa mère dit aux serviteurs : « Tout ce qu'il vous dira,
faites-le. »*

*Il y avait là six jarres de pierre destinées aux puri-
fications des juifs, elles contenaient chacune deux ou
trois mesures. Jésus dit aux serviteurs : « Remplissez
d'eau ces jarres. » Ils les remplirent jusqu'au bord.
« Puisez maintenant et portez-en au maître du repas. »
Ils lui en portèrent.*

*L'intendant goûta l'eau changée en vin, il ne savait
pas d'où cela venait mais les serviteurs qui avaient puisé
l'eau le savaient bien. Il appelle alors le marié et lui dit :
« Tout le monde sert d'abord le bon vin, et quand les
gens sont gris, le moins bon. Toi, tu as gardé le bon vin
jusqu'à maintenant. »*

Tel fut le premier signe de Jésus. Il l'accomplit à Cana en Galilée. Ainsi, il manifesta sa gloire et ses disciples crurent en lui.

G.S. : Aux noces de Cana, Jésus a trente ans. Il est charpentier. Aux noces de Cana, des époux construisent leur demeure et scellent leur foyer.

F.D. : C'est bien cela, Jésus se montre là constructeur d'une autre maison, d'une maison spirituelle. Et, de plus, c'est là qu'il éprouve un bouleversement mutant.

C'est d'abord une fête de noces humaines : un jeune homme, une jeune fille s'accordent devant témoins.

Ils croisent leurs vœux d'amour commun en quittant leur passé familial et individuel.

Ils rompent en fête avec leur jeunesse gardée.

Ils engagent l'énergie de leurs lignées ancestrales à travers leur désir, attirés qu'ils sont l'un vers l'autre, en accord avec leurs familles. C'est un acte délibéré, individuel, familial et social.

Ils fondent une nouvelle cellule sociale responsable et généreuse dans un don réciproque total qui donne sens à leur courte vie mortelle.

Pour tous les participants, quels que soient leur sexe et leur âge, ces jeunes époux, en ce jour de leurs noces, incarnent l'image accomplie ou future de leurs rêves de destinées. Alors, que coule en abondance le jus magique et lumineux de la vigne!

G.S. : Pourquoi magique, pourquoi lumineux?

F.D. : Parce que l'ivresse vécue en commun est une possibilité de sortir en commun de la réalité et d'avoir la joie ensemble. Cette joie est aussi ce qui rédime l'ivresse. Et j'ajoute que l'inconscient alors se livre... *in vino veritas!*

G.S. : S'enivrer seul a une autre signification?

F.D. : Bien sûr. Celui qui boit seul s'enferme. Il craint de sortir de la réalité tangible avec les autres. Il ne peut échanger que s'il est « à jeun », donc il ne peut communiquer que du rationnel, du judicieux, du sensé, du raisonnable. Hors de cette catégorie, c'est pour lui le désert.

A Cana, c'est le contraire...

L'eau claire que les serviteurs apportent dans les jarres se change en boisson fermentée, source de ris, de l'oubli des peines et des soucis quotidiens. C'est le lait de l'allégresse qui dans l'âme des convives fait rebondir la fête, fleurir les sourires, qui égrène la grappe mûre des fantasmes légers aux saveurs enivrantes. Bu en commun, ce jus capiteux de la vigne délie les langues et les cœurs.

G.S. : Et c'est de ce vin, qu'à un autre repas, Jésus se servira...

F.D. : Oui. A la veille de sa mort, au repas de son adieu, c'est le vin qu'il consacrera comme la réalité vivante de son sang, ce sang de la Nouvelle Alliance.

A Cana, par le don d'un sang végétal pour des noces charnelles, pour une alliance humaine, il commence sa vie publique. A Jérusalem, il achèvera sa vie par le don de son sang charnel, pour des noces spirituelles, Alliance nouvelle et nouvellement féconde entre les hommes et Dieu.

G.S. : Venons-en maintenant à ce premier miracle, à ce premier « signe » que fait Jésus. Il l'accomplit à la demande de sa mère. Il se passe donc quelque chose d'important entre ce fils et sa mère! « Ce n'est pas l'heure », dit-il, et finalement c'est l'heure. Que se passe-t-il?

F.D. : Mais... il se passe un accouchement!

Une fête de noces tourne court : il n'y a plus de vin. Marie le dit à Jésus : « Ils n'ont plus de vin. » Que lui répond Jésus? « Ce n'est pas mon heure. » Sur ce, Marie ne dit pas : « Allons bon! ce n'est pas son heure. » Au contraire, comme si elle n'avait pas entendu les mots de Jésus, elle dit aux serviteurs : « Tout ce qu'il vous dira, faites-le. »

G.S. : Mais qu'a-t-elle compris pour marquer une telle assurance?

F.D. : Elle a compris qu'en s'exprimant ainsi Jésus résiste parce qu'il est angoissé à naître à sa vie publique.

En effet, Jésus est un homme, et l'homme connaît l'angoisse devant des actes importants qui engagent son destin et sa responsabilité. Plus tard, au Jardin des Oliviers, il pleurera, il suera du sang, il dira qu'il est triste à en mourir.

A Cana, Jésus ressent l'angoisse. Marie est moins angoissée que lui, c'est pourquoi elle pressent juste.

Jésus va quitter une vie de silence, une vie cachée,

pour une vie publique. C'est angoissant, ce changement de vie.

Marie, quant à elle, sait que c'est son heure, tout à fait comme une mère sait que c'est l'heure, tout à fait comme une mère sent qu'elle va accoucher.

> G.S. : La réponse de Jésus n'est-elle pas négative?
> Dire : « Ce n'est pas mon heure », n'est-ce pas
> une manière polie de dire : « Non »?

F.D. : Pas du tout. Ce n'est pas une négation, c'est une dénégation.

En effet, vous savez qu'il n'y a pas de négatif dans l'inconscient. Donc, si Jésus répond quelque chose, c'est qu'il a « entendu », à un certain niveau de lui, la demande de sa mère. S'il répond par une dénégation, c'est qu'il est angoissé [1], et Marie a perçu son angoisse qui témoigne d'un désir.

De quel lieu, en elle-même, en son être de femme, Marie a-t-elle su dire à son fils ces simples mots « ils n'ont plus de vin », pour que Jésus éprouve jusqu'en son âme un tel bouleversement?

De quelle oreille entend-elle sa question : « Qu'y a-t-il entre toi et moi? » Pourquoi parle-t-elle avec cette autorité tranquille aux serviteurs, malgré la dénégation verbale de son fils?

Elle est sûre de la puissance en marche de cet homme

---

1. Cette manière de dire son angoisse en disant le contraire pour essayer de la colmater se rencontre chaque jour, en cure analytique comme dans la vie quotidienne. Quand quelqu'un dit, par exemple : « Sans être indiscret, combien gagnez-vous? », il dit bien qu'il est indiscret, tout en essayant de le nier.

prodigieux, puissance peut-être encore inconnue de lui jusqu'à l'impulsion pressante maternelle.

G.S. : Mais... de quel lieu parle Marie?

F.D. : Ce m'est toujours une question...

Marie sait-elle vraiment tout l'impact dynamique de ses paroles au moment où elle dit à Jésus ce qu'elle constate? Intuition féminine? Pression subtile ou inconsciente? Prescience du temps qui s'inaugure?

En fait, rien n'est logique ici. Marie ne demande rien et pourtant Jésus répond : « Non ». Ces simples paroles : « Ils n'ont plus de vin », deviennent pour le fils une injonction. Et qu'est-ce qu'une invitée qui donne des ordres dans une maison qui n'est pas la sienne? Qui la fait parler de la sorte? Pourquoi les serviteurs l'écoutent-ils?

Oui, de quel lieu de son être Marie a-t-elle dit à son fils : « Ils n'ont plus de vin »? Et aux serviteurs : « Faites tout ce qu'il vous dira »? Ne se montre-t-elle pas initiatrice des premiers pas de Jésus dans sa vie publique?

Tout peut paraître si simple au début, comme tout ce qui est important : une banale réflexion, prononcée comme une constatation peut-être : « Ils n'ont plus de vin », et pourtant... Ce récit nous questionne de tous côtés. C'est qu'il est riche de sens.

Marie avait-elle une intention précise? Marie a-t-elle pris volontairement une initiative délibérée? Ou bien Jésus, a-t-il, par ces mots de tous les jours, entendu et reconnu le signal de l'Esprit Saint qu'il attendait, a-t-il identifié son Père qui lui signifiait de manifester publiquement le pouvoir de sa parole créatrice?

C'est à Cana que les évangiles nous montrent Marie

parler à son fils et agir pour la dernière fois de ce lieu unique et mystérieux d'initiatrice.

C'est maintenant par les autres, par les serviteurs du maître, que Jésus va être suscité. Par leur manque.

G.S. : A ces noces, croyez-vous que Marie sache le rôle qu'elle joue?

F.D. : En fait, je ne sais... Je crois qu'elle est nécessaire, mais je crois qu'elle est disponible totalement et qu'elle parle par sympathie : le vin manquant, la joie ne va-t-elle pas manquer aussi? Sans le savoir, d'une façon très naturelle, elle est surnaturelle.

Pour la raison, en effet, rien n'est logique dans le comportement de Marie à Cana... et ça marche!

G.S. : Finalement elle parle sur un plan, et ça agit sur un autre! Tout ce récit et ce dialogue pourraient faire croire à un langage de sourds!

F.D. : C'est un peu comme dans des séances de psychanalyse. Il y a comme un langage de sourds. En effet, on dit quelque chose et cela répond autre chose.

Je trouve intéressant, quand on lit l'Évangile en psychanalyste, de voir que, à partir des dénis, on aboutit à la lumière, et le Christ qui est homme, passe par ce labyrinthe psychologique où « non » veut dire « oui » et vice versa. Ce qui n'est pas mensonge, mais signe d'angoisse, dans le processus d'accouchement d'un désir qui ne se fait jamais sur un mode rationnel.

Si Jésus n'avait pas « entendu » : « Ils n'ont plus de vin », il n'aurait rien répondu et Marie aurait compris que ce n'était pas le moment pour lui d'entendre quelque chose à ce sujet.

Donc Marie attend qu'il naisse à la vie sociale, et c'est étonnant comme, en Jésus, quelque chose résiste encore à se manifester.

« Mon heure n'est pas encore venue.

— Alors, tout ce qu'il vous dira, faites-le. »

Comprenez-vous que, là, c'est la force de Marie qui a fait naître, permettez-moi le mot, phalliquement, Jésus par un acte de puissance.

Quand Jésus dit : « Femme, qu'y a-t-il entre toi et moi ? » j'avais toujours entendu gloser : « Pourquoi, femme, te mêles-tu de mes affaires ? » mais cela veut dire à mon sens : « Femme, qu'est-ce qu'il y a tout à coup en moi ? Quelle est cette résonance extraordinaire à tes paroles ? »

C'est une question. Le Christ pose une question à sa mère, exactement comme le fœtus pose une question muette à sa mère au moment où se déclenchent les premiers mouvements qui font dire à la mère : « Ça y est, l'enfant va naître. »

C'est la même chose en ce moment entre Jésus et Marie : « Qu'y a-t-il entre toi et moi ? »

Il y a certainement entre une mère et son fils, entre une mère et son fruit vivant qu'est un enfant, il y a cette connivence, il y a quelque chose à ne pas manquer : c'est le moment où tous les deux sont accordés pour qu'une mutation advienne, pour que la naissance arrive.

Peut-être, est-ce à ce moment-là, aux noces de Cana, que Marie est devenue mère de Dieu.

Au pied de la Croix

Évangile selon saint Jean
Jn 19, 25-27

Près de la Croix de Jésus se tenaient sa mère et la sœur de sa mère, Marie, la femme de Clopas, et Marie de Magdala. Voyant sa mère et près d'elle le disciple qu'il préférait, Jésus dit à sa mère : « Femme, voilà ton fils. » Puis il dit au disciple : « Voilà ta mère. » Et, dès ce moment, le disciple la prit chez lui.

Évangile selon saint Marc
Mc 15 , 33-37

A la sixième heure, l'obscurité se fit sur toute la terre, jusqu'à la neuvième heure. Et, à la neuvième heure, Jésus poussa un grand cri : « Eloï, Eloï, Lamma sabacthani? » Ce qui veut dire : « Mon Dieu, mon Dieu, pourquoi m'as-tu abandonné? » Certains de ceux qui étaient là dirent, en l'entendant : « Tiens, il appelle Élie. » Quelqu'un courut imbiber une éponge de vinaigre et, l'ayant mise au bout d'un roseau, lui donna à boire en

disant : « Attendez, voyons si Élie va venir pour le descendre à terre! »
Mais Jésus, ayant jeté un grand cri, expira.

      G.S. : A Cana, c'est la « gloire »... Au pied de la Croix, c'est la déréliction...

F.D. : Pauvre femme! Vraiment, elle est là comme toutes les femmes qui ont mis dans leur enfant un espoir de réussite et puis le voilà qui, à leurs yeux, échoue complètement!

Jésus échoue en tant que fils, en tant que son fils affectif et charnel. Il se rend compte qu'elle souffre trop, que sa mère est perdue. S'il disparaît, elle n'a plus de quoi vivre.

      G.S. : D'après vous, qui soutiendra son désir de vivre et le sens de sa vie de mère, maintenant que son garçon, promis à tous les espoirs, est couvert d'opprobre et se meurt?

F.D. : A Cana, c'était la puissance. Ici, il est sa détresse. Elle a besoin d'un fils afin de rester mère. C'est pourquoi Jésus lui donne Jean : « Puisque tu as besoin d'un fils... le voici, ton fils. »

Car les femmes ont comme destin charnel d'enfanter. Elles ont besoin aussi d'un être vivant à aimer pour continuer d'exister.

      G.S. : Il a pitié d'elle?

F.D. : Pas du tout. Il ne s'apitoie pas sur elle ni sur lui-même qui est cause de sa peine. Il ne lui dit pas : « Oh! ma pauvre maman, j'ai de la peine de te faire de la peine! » comme dans les amours pathologiques entre fils et mère, mère et fils.

Il reconnaît que ce qui souffre en elle, c'est la femme en tant que mère : cette femme ne pourra plus exercer sa fonction maternante, et la fonction maternante vit en ayant des enfants vivants : un meurt, un autre lui est donné.

Il lui offre donc le moyen de supporter et d'accepter son épreuve, qui, pour une mère, reste la plus grande de toutes les épreuves. Une mère perd un membre charnel d'elle-même, si l'on peut dire, en perdant son enfant.

Mais, avec Jésus, Marie perd aussi sa raison d'espérer.

Jésus lui donne Jean, qui devient un substitut de lui en tant que fils : « Celui-là fera pour toi tout ce qu'un fils ferait. Et tout ce qu'une mère ferait pour son fils, tu le feras pour lui. Tout ce qu'une mère est et représente pour son fils, tu le seras pour lui. Et lui, de même, sera ton fils. »

Ainsi, dans sa détresse, il lui donne humaine consolation.

    G.S. : Mais Jean, ce n'est pas Jésus, quand même! Il ne peut remplacer son fils Jésus dans le cœur de sa mère.

F.D. : Non, bien sûr. Et Marie souffre de cette séparation. Elle éprouve un grand abandon intérieur. Mais Jésus essaie de la soulager dans son chagrin et il nous montre comment nous pouvons consoler les êtres.

Nous sommes tous, en tant qu'humains, des êtres de liens quant à notre chair et des êtres de paroles quant à notre cœur. Notre désir est de communiquer.

Mais lorsqu'un être nous manque, la relation est rompue. Alors, ici, Jésus propose Jean à Marie pour que survienne un lien entre son désir d'être mère et un adolescent. Et il accompagne ce don d'une parole : « Voilà ton fils. »

C'est ainsi qu'il crée un rapport vital nouveau, avec une parole. Cette parole conserve tout son sens au désir de Marie d'être mère.

Le désir ne meurt pas tant qu'un lien à l'autre le garde vivant. Quand un lien a disparu ou s'est rompu, on peut créer, avec une parole, un lien vital nouveau.

Entre Marie et Jean, quel lien vital, puisque ce sera de parler ensemble de Jésus! C'est le nom de Jésus qui les unira.

G.S. : Quelques instants après avoir créé cette nouvelle relation entre sa mère et Jean, Jésus éprouve le doute...

F.D. : Après que sa mission a été accomplie selon ce qui était écrit, le doute poigne d'angoisse le Christ, comme tout être humain concernant sa propre foi, la certitude de son bon droit, la vérité de son désir et de son œuvre accomplie.

G.S. : Mais ici, pour Jésus, il ne s'agit pas d'une déception. Son cri, c'est la ruine, c'est l'effondrement, la solitude, la détresse.

F.D. : Tout homme, s'il n'a pas de répondants humains, ou au moins un seul ami pour le justifier, peut s'abandonner au désespoir. Il peut alors douter de sa propre validité, de celle de son désir et de celle de ses actes.

Jésus vit cette angoisse dans la solitude où il n'y a plus d'écho, plus de miroir, plus aucun recours.

Son appel : « Mon Dieu, mon Dieu, pourquoi m'as-tu abandonné? » rédime tous nos doutes concernant notre désir, notre vocation, notre mission, le sens de notre vie quand, vacillants, nous oscillons entre la séduction du repos et l'appel à s'accomplir jusque dans le risque volontaire de la mort.

> G.S. : Après cet appel sans réponse de Dieu qui n'éveille que moquerie ou pitié des hommes, Jésus gémit sa soif comme un homme, comme un être de besoins qu'il était...

F.D. : Mais c'est à ce moment-là qu'il se montre autre, et venu d'ailleurs : ce moribond pousse alors, dans un dernier effort, au son d'un grand cri, le souffle venu d'ailleurs. Par ce souffle il a respiré, il a vécu, il a parlé, par ce souffle rendu il quitte ce passage dans la chair.

Ce long cri du Christ abandonné des hommes, abandonné de Dieu son Père, ce cri qui appelle, sans réponse audible, ce cri n'est-il pas le modèle des mots d'amour, d'amour et de désir, aux limites de l'articulé et du son?

C'est par le cri que le nouveau-né en appelle à sa mère pour s'y blottir, se calmer, apaiser sa soif et sa faim.

C'est par le cri que tout enfant en appelle à son père pour être protégé des méchants.

C'est par le cri que tout humain fait appel pour préserver son droit à l'intégrité quand une part de son corps, trahie par la douleur, se dérobe à la cohésion de l'ensemble et se disloque. Ce cri alors en appelle au secours d'un autre, à son aide.

Cri du besoin, cri du désir, cri de l'amour trahi, cri d'un fils d'homme, cri de tous les hommes. En son cri, ils peuvent tous se reconnaître.

Ce cri, entendu par tous les témoins, ce cri étrange, mystérieux, insolite et inépuisable, n'est-il pas le message où déchiffrer la résurrection assumée de la chair, audible en ses prémisses, là, au moment de sa mort en croix, par Jésus de Nazareth?

Ce cri de Jésus exposé entre terre et ciel s'est répandu dans l'espace. Il résonne toujours.

Les résurrections

Avant-propos

éclosion
blossoming

F.D. : Quelle surprise fut la mienne, lectrice du XXᵉ siècle, à la découverte du récit simple des trois résurrections! Bien entendu, ma formation psychanalytique m'en révéla un aspect inattendu.

Aujourd'hui, ces récits évangéliques nous disent d'abord l'impérieuse nécessité de favoriser l'éclosion et l'épanouissement du désir. Ensuite, ils nous indiquent qu'entre le désir d'un homme et les lois auxquelles il est soumis se fonde une dialectique.

En effet, le nouveau-né est impuissant à survivre seul. Il a besoin de la nourriture, de la protection, de la tutelle des adultes. Mais aussi, par ces adultes, le nouveau-né puis l'enfant est informé, déformé, infirmé ou confirmé dans ses intuitions naturelles.

Il ne peut donc exprimer son désir dans sa totalité, assujetti qu'il est à la loi des adultes et à la loi de son inconscient. Son désir a sa vie propre. Les lois de l'inconscient ont leur vie propre. D'elles procèdent les lois de l'inconscient de ceux qui l'entourent. Il y a donc dialectique, c'est-à-dire un dynamisme qui évolue sans cesse, confrontant continuellement désir et loi.

J'ajoute que, dans cette évolution, le rôle du langage a une place privilégiée. C'est par le langage, au large

cnfirmer — invalidate
deny

sens du terme — c'est-à-dire : par tout mode d'expression signifiant (mimiques, gestes, tons de voix) —, c'est par le langage que l'enfant s'ouvre à son être d'homme et spécifie son désir masculin ou féminin.

Si le langage et le désir sont deux éléments constitutifs de la personne, l'aliénation de la loi paraît être nécessaire aussi pour vivre en société.

L'aliénation n'est-elle pas ce qui permet la cohésion des sociétés humaines? L'aliénation n'est-elle pas aussi support des créations techniques et culturelles qui sont les régulateurs de ces sociétés avant d'en devenir source de crise, de dissociation ou de désintégration? Sans aliénation, sans soumission à une loi, il n'y a pas de vie sociale possible.

       G.S. : Pourriez-vous expliquer davantage ce que vous entendez par aliénation?

F.D. : Autrefois, le concept d'aliénation, d'aliéné, qualifiait des êtres qui étaient dangereux, irresponsables ou débiles. Actuellement, on découvre que ces êtres aliénés — on dit plutôt aujourd'hui « psychopathes » — ont un comportement qui résulte d'une adaptation de leur inconscient à celui des autres. Des processus vitaux[1] et symboliques[2] peuvent entraîner une aliénation qui est une adaptation non conforme de leur désir au code de tous.

Leurs comportements veulent dire quelque chose. Ces comportements ont donc valeur de langage. Il s'agit

---

1. Accidents, maladies, infirmités, etc.
2. Deuils, séparations, surexcitations émotionnelles précoces.

de décoder ce qu'ils signifient, de rétablir en langage clair ce qui n'a pu être dit, compris ou entendu quand a émergé le trouble mental.

> G.S. : Il y a donc, pour vous, deux sortes d'aliéna-
> tions : l'une qui n'est pas adaptée aux conven-
> tions, aux règles, et une autre qui l'est. L'aliénation
> est donc une soumission à une loi, une « apparte-
> nance » à une autorité?

F.D. : Oui, on peut dire cela, à condition d'ajouter l'adjec-
tif « inconsciente » à « loi », à « appartenance » et à
« autorité », c'est cela. Mais, celui qu'on appelle « aliéné »,
« fou », etc., a une aliénation qui, je le répète, n'est pas
conforme au code de tous. Il ne les comprend plus, n'est
plus compris par eux. Il n'en est, cependant, pas moins
homme, de besoins et de désirs.

J'ajoute que, sans aliénation, il n'y a pas de vie commu-
nautaire possible. Mais le désir, s'il peut être aménagé
ou canalisé un certain temps, ne peut l'être d'une
manière déterminée, fixe ou stationnaire. On ne peut sclé-
roser le désir, il va donc à un certain moment boule-
verser la loi, ébranler les certitudes, délimiter d'une autre
façon le champ des sécurités, et ensuite engendrer une
nouvelle loi, une nouvelle aliénation qui, à son tour, à la
faveur d'une crise..., etc.

Et cette dynamique entre désir et loi se retrouve dans
les récits des résurrections...

Résurrection
du fils de la veuve de Naïm

Évangile selon saint Luc
Lc 7, 11-16

En ce temps-là, Jésus se rendait à une ville appelée Naïm. Ses disciples et une foule nombreuse marchaient à sa suite.

Comme il arrivait près de la porte de la ville, il se trouva qu'on emportait un mort, fils unique de sa mère, et celle-ci était veuve : beaucoup de gens de la ville l'accompagnaient.

Le Seigneur, l'ayant vue, fut touché de compassion pour elle, et lui dit : « Ne pleure pas. »

Puis, s'étant approché, il toucha le cercueil. Ceux qui le portaient s'arrêtèrent. Et il dit : « Jeune homme, lève-toi, je te l'ordonne. »

Aussitôt, le mort se mit sur son séant et commença à parler. Et Jésus le rendit à sa mère.

Tous furent saisis de crainte et ils glorifiaient Dieu, en disant : « Un grand prophète a paru parmi nous et Dieu a visité son peuple. »

Dans ce récit, Jésus voit cette foule de pleureuses et d'hommes gémissants qui entoure un cercueil où gît un jeune garçon. Sa mère suit, accablée de chagrin. Elle est veuve, sans famille. Jésus s'approche.

Que disent-ils au milieu de leurs sanglots? Que murmurent leurs mines consternées? « C'est son fils unique, son garçon, qui est mort, son soutien de famille. — Il était son bâton de vieillesse. — Le malheur est sur elle, veuve qu'elle était déjà. — La pauvre femme, Dieu n'a-t-il pas pitié? — Qui peut voir pareille douleur? — Son petit lui est, par la mort, arraché. Que va-t-elle devenir? Il ne lui reste plus rien... La voilà comme stérile à nouveau! »

Jésus est ému de compassion. « Ne pleure pas », dit-il à la femme. Il s'approche, touche le cercueil du garçon, les porteurs s'arrêtent.

Nous pouvons, nous qui lisons ce texte aujourd'hui, nous imaginer le saisissement de la femme, de la mère. Son visage est tendu. Ses yeux dont l'expression est profondément renouvelée, sortent de leur bain de larmes, noyés qu'ils étaient, et sont encore, dans les ténèbres de son cœur.

Un pli se creuse entre ses sourcils. Elle fixe cet homme qui dérange le déroulement prévu de la scène où elle joue son rôle important et pitoyable de mère éplorée. Arrêtée, elle tend son chef et son cou vers l'homme qui a parlé, muette, dans l'expectative de ce qui arrive d'étrange.

Dans le vécu de cette scène, il y a là un moment qui est fantastique.

     G.S. : Vous venez de raconter ce qu'on peut imaginer.

F.D. : Oui, en lisant ce texte de l'Évangile, j'imagine la scène.

G.S. : N'y aurait-il pas intérêt à rester près du texte, du symbolique, sans y mettre l'imaginaire?

F.D. : Peut-être n'avons-nous pas le droit d'extrapoler avec l'imaginaire et devons-nous rester dans ce que les mots disent. Mais je sais que tout ce que nous lisons, tout ce qui est dit en mots, a fatalement en écho référence à notre être tout entier. Et si, donc, nous voulons nous abstraire de l'imaginaire, c'est qu'alors nous voulons abstraire notre corps et notre cœur du message que les évangiles apportent.

G.S. : Comment les mots, les pensées et l'imaginaire sont-ils en rapport?

F.D. : Si penser ou réfléchir n'est pas le fait de l'imaginaire, il est certain aussi que penser n'est pas sans rapport avec l'imaginaire.

Dès notre enfance, nous appréhendons aussi par l'imaginaire le monde qui nous entoure, nous le peuplons d'êtres imaginaires. Puis, nous découvrons que le monde n'est jamais ce que nous imaginons qu'il est.

La réalité du monde se découvre quand nous nous heurtons à lui, quand il y a choc, rupture, brisement. Alors nous savons que le monde n'est pas tel que nous l'imaginons.

Autrement dit, nous ne pouvons approcher, cerner la réalité directement. Nous ne pouvons la rejoindre que par la médiation, l'entremise de l'imaginaire. De cette médiation nous ne pouvons faire l'économie.

Il est certain que, pour chacun de nous, penser, parler et imaginer font partie de notre être, de notre vie. Notre imaginaire fait partie de nous. C'est aussi avec lui donc, que nous devons approcher, cerner la lecture des évangiles.

> G.S. : Mais alors... l'idéal serait d'avoir des... hallucinations évangéliques!

F.D. : Non, bien sûr. La rencontre de mon imaginaire avec la réalité provoque — comme je viens de le dire — un phénomène de cassure, de faille. Je suis donc obligée de sortir par moments de mon imaginaire, de mes rêveries, de mes illusions, parce que je rencontre l'irruption de la réalité qui vient instituer en moi une séparation, qui me féconde et m'enrichit.

Ainsi, moi qui suis femme, je me projette plus facilement dans cette femme qui subit une castration, une séparation, une rupture qu'elle refuse et qu'elle veut remplacer par toute la « cuisine » sociale d'un enterrement qui la fait plaindre par tout le monde.

> G.S. : Tout bien considéré, la lecture des évangiles est une projection, c'est-à-dire qu'une scène décrite dans les évangiles vous donne la possibilité d'attribuer vos sentiments à un ou deux personnages et ainsi, éventuellement, de mieux vous connaître.

F.D. : Oui, vous avez raison, je me représente la scène comme si j'y étais. Cet imaginaire qui est celui de la lectrice que je suis, n'implique pas que chacun va avoir le même imaginaire que moi. Mais je crois que ce qu'il y

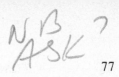

a d'unique dans les textes bibliques, c'est que chacun de nous peut y projeter son imaginaire afin que le message symbolique lui parvienne.

Si le message symbolique contenu dans les mots passe sans qu'il y ait participation de notre être et donc de notre corps et du vécu de chacun, je pense qu'alors ces textes n'apportent pas la vie à notre corps, à notre esprit, à notre cœur.

Ce que le message du Christ nous dit, c'est que toute sa parole doit s'incarner, doit prendre chair, et ceci jusque dans les pulsions partielles [1].

Quel que soit son âge, quel que soit son désir, son niveau de souffrance et son évolution psychique, chacun peut se projeter. La clé de la lecture des évangiles, c'est qu'il faut se projeter pour recevoir [2].

Si l'on reçoit sans avoir rien projeté de son imaginaire, c'est une fausse réception. C'est une réception d'intellectuel. Le contenu vivifiant, le contenu mutant des paroles bibliques est privé des avenues qui peuvent véhiculer l'effet créatif dans le lecteur.

---

1. Quand un sujet désire communiquer avec un autre sujet, son désir passe par l'intermédiaire des pulsions partielles : le voir, le toucher, l'entendre, etc. Le désir passe par le canal, par le truchement, des parties du corps qui prennent contact soit directement, soit indirectement avec autrui par le langage.
Ces pulsions de désir donnent du plaisir. La vue, l'ouïe, le toucher donnent un plaisir partiel. On dit « désir partiel » pour des plaisirs partiels. On dit « désir total » pour le contact total avec un autre.
Ainsi, dans l'Eucharistie, on rencontre une personne totale et, en même temps, cette rencontre nourrit nos pulsions partielles de faim, soif, manger, boire... pulsions orales, cannibales – mais pas seulement –, désir qui vise un avoir, un prendre, un savoir, un pouvoir, etc.
2. Mt 5, 25-34. L'exemple de l'hémorragique nous le montre. Jésus est bousculé : des gens voulaient le toucher. Mais une seule personne projetait sur lui son désir. C'est par elle seule qu'il a été touché.

G.S. : D'après ce que vous dites, il ne suffit pas de se projeter dans la scène évangélique, il ne suffit pas d'imaginer, il doit y avoir réponse fructueuse ou heurt, ou fracture fertile aussi.

F.D. : Par exemple, l'arrivée du Christ me fait penser : « De quoi se mêle-t-il celui-là? Qu'est-ce qu'il vient déranger dans le processus réglé d'avance, où moi la femme-mère j'ai un rôle à jouer, où le fils-cadavre joue son rôle et où finalement tout est bien comme cela? »

Et voilà la vérité du Christ qui vient caramboler la réalité. Je suis en train d'imaginer, je suis en train de me conformer à un processus social et tout à coup, voilà le réel qui fait irruption, dans la réalité, voilà une parole absolument surprenante, inattendue, insolite.

C'est tout le corps de cette femme, tout son être qui est bouleversé par quelqu'un qui se permet de transgresser les règles du déroulement d'une cérémonie.

G.S. : Un homme peut se voir à la place du gars mort...

F.D. : Il peut se projeter dans la femme aussi, il peut se projeter dans les porteurs. Pourquoi ne pas mettre nos projections dans la lecture de la Bible, tout en se référant au véritable texte? C'est tout à fait différent de l'exégèse qui cherche à établir le véritable texte.

G.S. : Donc, pour vous, peu importent les mots, l'important c'est ce que vous y mettez.

F.D. : Je ne dis pas peu importe. Il faut que les mots restent les mêmes dans un texte : c'est le point de référence, la pierre de touche.

Quand il les lit, chacun vit ce qu'il en éprouve, mais, si chaque fois que quelqu'un avait lu un écrit, il en modifiait le texte, celui-ci deviendrait du chewing-gum. On n'aurait plus de texte du tout. Au contraire, ce texte des évangiles est capable de réveiller chez chacun un imaginaire différent, en rapport avec ce qu'il a vécu dans sa propre vie et, parce que ce document ne change pas, il est un point de repère sur lequel notre imaginaire peut se projeter et se heurter.

G.S. : Certains lisent les évangiles avec une grille « matérialiste ».

F.D. : Oui, d'autres avec une grille « structuraliste », pourquoi pas, mais c'est un autre travail. Vous savez, chacun a lutté contre le manque de son désir, chacun a essayé de combler les lacunes de ses espoirs, il possède ainsi un acquis, c'est-à-dire une culture, un savoir, une technique. Avec sa culture, avec son capital d'expériences, chacun va aborder les textes bibliques, et en les abordant de différentes manières, ce qu'il étudie prend un sens nouveau, et, parce que l'Esprit passe à travers ce texte, quelque chose en lui de nouveau peut s'y éveiller.

G.S. : Revenons à notre passage d'évangile.

F.D. : Ses amies sur lesquelles la mère s'appuie ne sentent plus le poids de son corps entièrement attracté vers le couple de Jésus et du cadavre de son fils. Son visage est brusquement atteint de l'émotion de qui, devant l'intrusion de l'insolite, s'attend à l'inimaginable. La foule cesse ses lamentations. Tout s'arrête comme figé.

D'une voix naturelle, sur le ton d'un homme qui parle
sans éclat, Jésus s'adresse au gisant : « Jeune homme, je
te l'ordonne, lève-toi. » Aussitôt, le mort s'asseoit, surpris de tout cet appareil, de ces gens qui l'entourent, de
cette boîte dans laquelle il est assis. Il regarde autour
de lui, étonné. Il voit sa mère, dans une expression telle
qu'elle lui révèle un visage jusqu'alors inconnu de lui.

Et qui donc est cet homme près de lui, qui vient
de l'éveiller d'un monde d'où il revient — sans savoir
que le rien dont il sort s'appelait la mort?

Alors que, dans la maladie, il se sentait un enfant
qui avait oublié son âge, dans le halo de fièvre qui
embuait sa conscience, voilà que c'est jeune homme
qu'il s'éveille, par l'effet surgissant qu'une voix d'homme
intime à son cœur.

Quelle est donc cette voix plus douce et plus forte et
plus accordée aussi, dans le secret de son être, à son
désir nouveau, cette voix d'homme qui, à son oreille
d'enfant, réveille l'écho des injonctions tutélaires de son
père trop tôt disparu? Est-ce lui, resurgi, qu'il voit au
côté de sa mère? Je la vois, de reconnaissance, étreindre
le bras de Jésus posé en maître au bord du berceau de
bois d'où son fils ébaubi ouvre ses yeux neufs d'adolescent guéri. Quel est donc cet homme qui l'appelle à
advenir?

Nous sommes comme l'assistance, muets de la vérité
qui surgit. Nous sommes comme ce mort ressuscité. Le
sens de ce qui se passe nous échappe encore.

« Miracle », dit d'une voix étranglée l'un des assis-
tants proche de l'enfant. La tête du cortège se disloque.
Certains, stupéfaits, reculent, se bousculent à ceux qui

veulent voir et qui s'approchent. Des jeunes se détachent et vont, qui criant et sautant leur joie, qui contractés d'émotion, s'agrippant à leurs propres vêtements, devant la mort qui a lâché sa proie.

D'autres terrorisés s'agglutinent par petits groupes, épaule contre épaule, en ne lâchant pas des yeux le spectacle, muets et tendus.

Plus en arrière du groupe de tête, il y a aussi des gens venus là avec les autres, devisant à bas bruit de leurs petites affaires, tout en accompagnant le cercueil jusqu'au cimetière, selon la coutume. La mort, c'est toujours inquiétant, toujours injuste, surtout la mort prématurée. Mieux vaut n'y pas trop penser, encore moins en parler.

Ces distraits qui suivent le cortège sont surpris de l'interruption de leur marche bourdonnante et de l'éclatement du groupe de ceux qui les précèdent. Ils regardent, se questionnent les uns les autres. Que se passe-t-il? Chacun cherche à lire sur le visage de l'autre la réponse à l'énigme de cette ordonnance rompue.

La nouvelle leur parvient : le mort vit.

« Qu'avez-vous dit : le mort vit? Qu'est-ce que cette absurdité? » On court, on va, on vient, on ne sait plus rien.

Il y en a qui s'en vont, agacés, en s'esclaffant. Ce sont les gens sérieux, ils n'ont rien à voir avec une mauvaise farce, ou peut-être avec une question de sorcellerie, qu'il vaut mieux fuir en parlant d'autre chose, en signe de déni ou d'indifférence.

Chacun à sa façon, en moins de temps qu'il ne le faut pour le décrire, exprime sa tension émotionnelle insoutenable. Des hommes et des femmes se rapprochent au mépris des usages, et discutent avec véhémence. Des vieux qu'on interroge murmurent : « Sorcier, sorcellerie, magie, Belzébuth », mêlant l'idée de supercherie à celle de blasphème. Cela dérange la morale.

Des visages ravis, des cœurs qui battent à se rompre, des mains jointes se tendent vers le ciel, des barbes aussi, qui murmurent des prières. Des femmes se prenant par le bras chantent des louanges à Dieu.

Dans ce tohu-bohu, dans ce brouhaha, dans ce chaos d'émotions, tandis que dans le ciel les reflets orangés annoncent le soleil qui descend sur l'horizon, le silence plane sur des pensées arrêtées au fond des cœurs, des rumeurs retiennent les paroles dans la gorge. Des sons sans mots s'entrechoquent, apportent, aux oreilles de tous, les bourdonnements de leur sang, à leurs lèvres bégayantes des bribes de cris et des interjections syllabées.

Le langage est éclaté devant ce prodige qui attente à la mort. C'est la régression complète.

Seul le rituel du deuil est rasséréant, l'ordre du langage s'y retrouve. En répétant gestes et mots de convenance, les vivants s'entraident à se séparer du mort qui, vivant, leur était cher. (Chair? Oui, aussi, par subtile dialectique, ici de mère à fils.)

L'homme est là. L'adolescent est par lui fasciné. Les yeux fixés dans le regard de Jésus qui parle à son âme, il entend qu'il est délivré une seconde fois, coupé pour toujours de la dépendance magique qui le retenait à sa mère, à la mort.

Une voix d'homme l'appelle, et ordonne en son larynx et en ses génitoires la mue de l'adolescence. Son désir est délivré de l'attraction fatale à suivre la voie que lui

avait dictée, en désertant son foyer, son père mort trop
tôt.

Sa virilité de fils rendue à sa puissance lui revient, à
cet orphelin depuis l'enfance, pour qui sa mère était
devenue sa compagne, conjointement orpheline. Son
option d'adolescent appelé à la vie chante des promesses
d'amour.

L'ordre du désir, rendu à la vie symbolique, a passé
sur le groupe.

« Jeune homme, je te l'ordonne, lève-toi », dit Jésus.
L'adolescent fait signe aux porteurs — c'est lui qui fait
signe aux porteurs! —, qui posent à terre le cercueil. Et
le jeune homme, en sa pleine stature, laisse rayonner le
sourire joyeux qui s'était éteint aux lèvres du petit
garçon malade, qui dévivait jusqu'à en mourir.

> G.S. : Pour vous, il n'était pas mort, il « dévivait »,
> c'est-à-dire qu'il périssait à force de reculer dans sa
> relation à sa mère. Il devait donc s'en détacher une
> deuxième fois en se délivrant d'elle. Mais il ne le
> pouvait pas sans l'intervention de Jésus, sans ce
> troisième terme qu'est la voix d'homme...

F.D. : Oui, c'est bien cela.

Debout, un instant interdit, regardant tour à tour
Jésus et sa mère, il hésite. Elle supplie du regard Jésus,
qu'il dise à ce fils d'aller vers elle, qu'elle le serre dans
ses bras, vivant, contre son cœur.

La foule dispersée s'était rassemblée pour voir le mort
se dresser. Cette foule, muette encore, s'écarte.

Le jeune homme étonné de son nouveau regard sur
le monde, sur les femmes, sent vibrer son cœur et son

sang à la douceur des joues des jeunes filles, à leurs yeux brillants de fraîche beauté. Mêlées aux autres, elles font cercle et, à son sourire nouvellement éclos, sont promesses d'amour.

Je le vois. Il revient vers les remparts de sa ville. Des jeunes de son âge accourent, font bande avec lui et vont joyeux chantant des louanges à Jésus, réveiller les cœurs blasés des bonnes gens : « Oyez, bonnes gens, Dieu a visité son peuple. Le fils qui était mort, le voilà ressuscité. »

> G.S. : Vous semblez vouloir indiquer que le Christ ressuscite cet enfant, jeune homme, et que, même s'il est rendu à sa mère, cet enfant n'est plus l'enfant : il est devenu le fils et le jeune homme autonome.

F.D. : Jésus a tracé le point de non-retour aux fantasmes conjugués de la mère et de son enfant, attribut d'elle. Ce fils était devenu pervers par son désir voué au faire-plaisir à la femme qui l'a engendré; désir qui, peut-être, soutient d'ailleurs l'idée qu'on lui donne de son devoir.

Le devoir de cet enfant n'était-il pas, aux yeux de la foule, de se vouer à sa mère, pour son utilité à elle? Il avait à être son bâton de vieillesse.

C'est à sa liberté d'homme que cette voix mâle, lucide, calme et ferme l'a éveillé. Jésus éveille dans l'enfant d'un père mort le futur homme, et avec l'homme il l'éveille à sa descendance, à son destin fécond. Dans la mort il l'arrache à l'appel qu'il entendait de son père. Ce père dont la voix avait résonné à ses oreilles dans sa jeune enfance était son moi idéal. Par la mort, en quittant sa mère, c'est son père qu'il allait retrouver.

Un fils essaie toujours d'imiter son père, une fille imite sa mère. C'est pourquoi un désir mâle incitait ce jeune à suivre son père, au prix de déserter son corps d'enfant alourdi de passivité, qui l'enlisait comme un arbre assoiffé dans le sable stérile de l'amour maternel et filial attardés dans leur modalité enfantine.

Mais, ce faisant, il courait un autre risque. Le fils était amené, en s'identifiant à son père, à mourir, à le suivre pour lutter contre le fait de rester enfant, couplé à sa mère.

> G.S. : Si j'entends bien ce que vous dites, c'est du complexe d'Œdipe que vous parlez. Il vous apparaît que cet enfant n'avait pas pu le régler et que, du fait de la pathologie de sa famille, il était resté, sans le savoir, lié érotiquement à sa mère?

F.D. : Oui, l'absence de son père entre lui et sa mère avait pétrifié d'impuissance son désir. Cet enfant unique face à sa mère abandonnée ne pouvait, guidé et entouré que par elle, conquérir son destin fécondateur, géniteur, car sans le savoir, elle lui barrait les avenues de son destin.

En effet, ce fils devait panser sa douleur, combler en son cœur le vide laissé par son époux, pallier le manque de tendresse que cette femme n'attendait plus d'aucun homme. Il allégeait sa détresse de femme en se vouant à elle, dont le désir génital refoulé interdisait au jeune garçon les joies et projets de son âge. Le climat confiné de ce couple fils-mère était devenu morbide et leur désir à tous deux, à leur insu, régressivement incestueux.

G.S. : En résumé, pour cette mère, une seule fois mère et privée des étreintes d'un époux, l'enfant devait tout remplacer : le social, l'érotique, la tendresse.

F.D. : Mais il en est encore ainsi de nos jours. Combien de fils de femmes sans homme sont retenus dans les limbes de l'amour puéril, tristes et studieux, conjoints artificiels d'une mère qu'eux-mêmes, autoritaires gardiens, surveillent jalousement. Fils barrés au désir de leur âge par leur génitrice, qui les étouffe de sa sollicitude maternelle, abusive et sclérosante.

De telles femmes, jeunes encore, sourdes aux appels de leur désir et aveugles à d'éventuels prétendants, se veulent consacrées, sacrifice admirable, à leur veuvage et à leur stérilité! Soucieuses de l'avenir de leur fils, elles sont aux aguets des corps féminins qui passent auprès d'eux, au cours de leurs promenades. Chattes gourmandes ou flatteuses, elles isolent, elles encoconnent leur chaste fils névrosé.

Comment de tels fils pourraient-ils s'arracher à de telles mères? Toute la société les stigmatiserait d'ingratitude.

Si la vie appelle ces garçons, si un désir viril éveille leur sexualité nubile, le regard réprobateur de leur mère, le risque de sa malédiction, s'abat sournoisement sur eux. Ils ne peuvent s'aventurer hors du train-train mortel du foyer marsupial. Ils ne peuvent qu'imaginer des exploits sexuels horribles ou idéalisés. Ils apaisent leur rêveries par la masturbation qui trompe leur solitude.

« Jeune homme, lève-toi. » A cette mère sombrée elle-même dans le désespoir, Jésus rend un fils ressuscité, debout. Il était, dans sa relation duelle à elle, arrêté devant sa nubilité, sans promesse de fécondité, sans issue à son désir d'homme.

Ses forces de vie vaincues, la mort symbolique distillée jour après jour, son corps ne pouvait plus qu'être la proie de la maladie ou s'abandonner au refuge du sommeil dans l'oubli de ses besoins, jusqu'à la mort physique.

G.S. : Pour vous, Jésus de Nazareth a reconnu, sous cette forme pétrifiée, qu'un jeune homme qu'on disait mort, était viable s'il était séparé de sa mère.

F.D. : Jésus lui donne, par son appel impératif et public, la stature d'homme libre qu'il lui révèle et l'élan pour sa vie à construire, face à la société ébahie qu'il fait taire.

Il éveille cet avorton de cœur à sa virilité de corps. Tout garçon en a la connaissance, témoin qu'il est de son sexe car il est visible et se dresse dans sa chair. Mais qu'en faire quand aucun homme ne vous initie à la loi de cette chair?

G.S. : Vous pensez donc que c'est par ce commandement : « Jeune homme, je te l'ordonne, lève-toi », que Jésus libère ce jeune, non seulement de la mort, mais aussi de sa mère.

Pourtant, le texte ne parle pas de séparation d'avec sa mère; au contraire, il est écrit que Jésus a pitié de cette femme et qu'il lui rend son fils.

F.D. : Dans le récit de la résurrection du fils de la veuve de Naïm, c'est jeune homme et non plus enfant que le Christ le ressuscite.

De sa voix mâle, il l'appelle, il le dénomme, il le déclare « jeune homme », et c'est ainsi qu'il l'a rendu à sa mère dans la loi de la castration du désir génital. Ce garçon est définitivement embarqué dans sa vie adulte. Le jeune homme vit. L'enfant n'est plus.

Comparons ce récit, comme cela a toujours été fait, à celui de la résurrection du fils de la veuve par Élie. Nous voyons que déjà dans le Livre des Rois (1 R 17), la loi de la castration du désir est impliquée dans la résurrection de cet enfant.

Il y est dit qu'Élie demanda asile à une veuve qui vivait avec son fils unique encore enfant. Ils prirent un repas à trois : Élie, la mère et l'enfant. Peu après, l'enfant tomba malade et mourut. La veuve, se croyant punie de ses péchés par cette mort, supplia Élie.

Celui-ci sépara l'enfant de sa mère. Il le monta dans la chambre supérieure, symbole de l'ascension allégorique de la croissance d'un enfant. Dans cette chambre haute, Élie se coucha par trois fois sur le corps de l'enfant en priant Dieu de rendre son âme à ce corps.

Ces trois contacts d'un homme étendu sur le corps d'un enfant, pour une psychanalyste qui lit cette histoire, symbolisent l'initiation par trois fois du désir de l'enfant au désir d'un homme dans la loi.

La première initiation étant la castration orale, c'est-à-dire le sevrage. Première séparation de muqueuse à muqueuse de l'enfant à sa mère.

La deuxième est la castration anale, séparation du « faire » de l'enfant concernant son corps et sa motricité volontaire : il n'est pas l'auxiliaire de sa mère ni l'exécutant de ses désirs.

La troisième séparation c'est le désir génital et le désir

d'enfantement avec la mère. C'est l'interdit de l'inceste. Ces contacts chastes d'Élie au corps de ce garçon symbolisent l'identification possible d'un enfant à un homme grâce à la castration de la libido à chacun des stades d'évolution. Le jeune homme entre dans la loi du désir dans un corps d'homme rendu à sa puissance, par l'interdit mutant signifié au désir oral, anal, génital de convoiter la femme dans sa mère génitrice, nourrice et tutélaire, l'épouse de son père absent. Par l'homme, par son corps par trois fois à son corps imposé, Élie suscite, re-suscite la virilité du fils endormie dans le seul compagnonnage de sa mère veuve.

> G.S. : De même, donc, que pour le fils de la veuve du Livre des Rois, le fils de la veuve de Naïm est un jeune homme vivant. En le séparant des fantasmes de sa sexualité infantile, Jésus le rend à sa mère, elle-même séparée de lui par la parole de l'homme qui lui redonne vie. Il opère en sa virilité endormie dans l'hypnose incestueuse la mutation de l'adolescence.

F.D. : Entre ces deux résurrections il y a une différence qui est de taille. Avec Jésus, se joue un psychodrame où la parole fait tout le travail de castration. Ce n'est pas le corps de Jésus sur le corps de l'autre — comme pour Élie —, c'est la parole, le verbe qui est efficace et délivre au désir son sens et son ordre.

> G. S. : Il n'use pas de magie comme Élie?

F.D. : Non, par lui c'est l'irruption chez nous du réel, du symbolique, de l'imaginaire : il est sacrement.

C'est cela que Jésus apporte : la parole est maîtresse de tous les désirs quand elle est chaste et qu'elle est au service du désir de Dieu en chacun de nous.

Telle me semble être la leçon donnée par le Christ dans la résurrection d'un jeune homme que l'on portait en terre parce qu'il avait toutes les apparences de la mort.

Constatons en outre qu'il ne fixe pas non plus ce jeune homme à lui, Jésus, à son humanité, de façon parasitaire ni séductrice.

Jésus pose son bras sur le cercueil, ce bras que l'Esprit rend athlétique et impérieux, sur ce cercueil où, d'un commun accord, tous, en se lamentant, amènent à la tombe cet adolescent qui dort. Jésus donc impose à la mère la castration de son désir et son fils en guérit.

G.S. : En résumé, l'amour de cette mère est un amour pervers, c'est-à-dire dévoyé, parasitaire : son enfant se devait de rester son bâton de vieillesse. Il devenait ainsi un enfant demeuré dont le devoir était de partager la vie de sa mère jusqu'au soir de sa vie. Elle s'était annexé son enfant. Et le Christ opère là une séparation.

F.D. : Si les jeunes gens savent qu'ils ont plus tard à aider leurs parents, lorsque ceux-ci sont devenus trop vieux pour s'assumer seuls, ils savent aussi que, pour honorer la vie qui leur a été, par leurs parents, donnée, ils doivent père et mère quitter, aller vers la société, et à distance du foyer paternel, assumer leur féminité ou leur virilité.

Mais bien souvent les enfants qui ont perdu leur père prématurément entendent des : « Ta pauvre mère! » et des : « Mon pauvre enfant! » comme si, en l'absence du chef de famille, la force se devait d'avoir quitté à jamais la mère et les enfants.

A cette pitié pathologique, nous sommes habitués, mais nous ne savons pas qu'elle est nocive au développement de l'enfant.

En effet, n'entend-on pas dire souvent : « Puisque ton père est mort, te voilà maintenant le chef de famille, le soutien de ta mère, pense à elle, remplace-le. » Propos pervertissants, car ils sont finalement conseils de comportement imaginairement incestueux.

Ne pourrait-on pas dire, au contraire : « Puisque ton père est mort, te voilà maintenant chargé de te débrouiller de tout. Maintenant que ton père est mort, ta mère doit continuer à vivre, elle ne doit pas être une charge, ni à la société ni à elle-même. Tu l'aideras en lui donnant le moins de travail possible, à la maison, tu l'aideras à travailler au-dehors, et sache que tout le monde souhaite qu'elle se remarie. »

Dans ce récit exemplaire pour nos yeux éclairés par les découvertes psychanalytiques concernant le désir sexuel archaïque, le Christ recrée une situation trinitaire, ou tout au moins triangulaire, telle que celle de la scène primitive procréatrice de chaque être humain.

G.S. : Ce passage d'évangile nous enseigne qu'aucun être humain ne peut être attribut, objet ou complément assujetti à la dépendance d'un autre humain. Il nous enseigne la liberté.

F.D. : Aux yeux du lecteur psychanalyste d'aujourd'hui, le fils de la veuve de Naïm ressuscité témoigne des ravages inhibiteurs du désir humain quand l'élan est stoppé dans son cursus tant biologique qu'émotionnel.

Ici l'élan est stoppé par le veuvage de la mère suivi de la régression de sa féminité. C'est alors que se forme un lien imaginaire fétichiste avec son fils unique : cet enfant représente pour elle sa force, son pouvoir, le leurre du phallus symbolique. Car le père n'a pas pu se charger de séparer son enfant d'avec sa mère, il n'a pas pu se charger de l'éducation de la sexualité de son fils jusqu'au seuil de sa puissance sexuelle génitale.

G.S. : C'est dire qu'avec une telle mère, et un père absent, rien ne faisait plus obstacle aux liens imaginaires resurgis de l'époque ombilicale.

F.D. : Ces liens sont sournoisement reconstitués entre la mère et son fils. Sous prétexte de sa protection vigilante, la mère s'attache à son fils. La complicité, l'aveuglement ou la lâcheté de leurs amis leur donnent bonne conscience.

G.S. : Nous savons que ce garçon était fils unique et que, juif, il était donc circoncis.

F.D. : Ce rite est d'importance s'il est expliqué par les paroles du père. En effet, la circoncision marque l'accès de tout bébé mâle à la société des hommes.

C'est une allégorie du quitus définitif que le mâle donne non seulement à son placenta mais aussi aux enveloppes protectrices de sa mère. Le prépuce protec-

teur du gland est une image : « Non seulement tu es
sorti de toute protection avec ton corps, mais aussi
avec ton sexe. Tu dois t'assumer [1]. »

Comme ce jeune homme n'avait pas eu de frère ni
de sœur, donc pas de rival, il n'avait pas eu l'expérience d'une nouvelle fécondité de ses parents après
lui. Il était donc resté avec cette seule marque de séparation initiatique de la circoncision entre lui et sa mère.
Et si cette marque n'a pas été reprise par les paroles du
père, un enfant qui n'a pas de rival dans l'amour génital
— amour génital qui se montre là d'une autre espèce de
désir que celui qu'il a pour sa mère —, cet enfant ne
comprend pas la différence, par le seul pouvoir de son
imagination, entre le désir génital d'un adulte et le désir
pré-génital d'un enfant pour sa mère.

> G.S. : C'est donc dire que la situation familiale
> qu'avait à vivre le jeune homme de Naïm pouvait
> être très difficile. Il était orphelin de père, nous
> avons vu tout ce que peut entraîner l'absence du
> père. Et voici que maintenant vous semblez dire
> qu'être enfant unique peut entraîner aussi des
> troubles psychologiques.

F.D. : Ne pas avoir de frère ou de sœur, plus jeune que
soi surtout, est compliqué. C'est toujours aussi ce qu'a à

---

1. Pour la fille le problème est autre. Elle doit prendre modèle sur sa
mère et ce n'est que par rivalité qu'elle désire l'homme. Elle désire alors
son père, mais si lui ne la désire pas et lui dit : « Tu n'es pas née pour
moi », elle est conduite à chercher dans un autre homme le substitut du
sexe de son père. C'est le père qui est responsable du désir ou du non-
désir, c'est lui qui inconsciemment informe sa fille. C'est lui qui la libère
du piège incestueux ou qui l'y retient.

vivre le dernier enfant d'une famille. (L'enfant unique
et le petit dernier se détachent plus difficilement de leur
enfance.)

Le garçon formule à peu près ainsi sa question :
« Est-ce que papa n'est pas devenu, depuis ma naissance,
une personne impuissante? » La fille : « Est-ce que
maman n'est pas devenue stérile? »

L'enfant a besoin de sentir ses parents jeunes, vivants,
dynamiques. Des parents « vieux » ne sont pas des
modèles. C'est pourquoi il est important que les enfants
sachent que leurs parents ne sont ni impuissants ni
stériles. Et s'ils n'ont plus d'autres frère ou sœur, c'est
que leurs parents, soit ne désirent plus d'autre enfant,
soit en espèrent encore.

Les enfants ont à se sentir les rivaux de leur modèle
de vie génitale. C'est un sain et naturel levier à leur
développement.

> G.S. : Revenons à cet évangile. S'il en avait eu la
> santé, le garçon de Naïm aurait dû fuir et aban-
> donner sa mère?

F.D. : Oui, bien sûr, c'est cela, mais alors il eût été
stigmatisé d'ingratitude par la société.

Il endort sa vigilance, il se laisse subjuguer par les
pulsions de mort qui, dans l'inconscient, prévalent sur
les pulsions de vie quand, de sa sexualité à la nubilité,
le jeune homme ou la jeune fille n'ose assumer le désir
qui l'appelle, hors du foyer familial, à en devenir
responsable; quand un sentiment perverti du devoir
filial retient de peiner des parents anxieux, de se dérober à des parents abusivement possessifs ou autoritaires.

upset

covetousness

Ce fils de veuve est prisonnier de ce conflit mortifère.

En se laissant mourir, ce grand petit garçon accomplit ainsi, inconsciemment, sur sa propre personne, un double meurtre : celui du fils représentatif de son père et celui du futur père qu'il était. Meurtre symbolique et meurtre réel.

Il s'identifie à son père dans la mort, et il se soustrait à la convoitise inconsciente de sa mère et à la sienne pour elle.

> G.S. : Au lieu de fuir, il s'échappe dans la maladie et la mort.

F.D. : Il ne pouvait quitter sa mère sans l'aide de quelqu'un. Il choisit la mort puisqu'elle recélait dans son inconnue la jouissance rivale vis-à-vis du père : il faisait aussi bien que lui : il savait mourir.

Il copiait le père qu'il avait connu, il n'imitait pas ce qu'avait fait son père quand il était jeune homme, puisque, je le redis, pour se marier il avait bien dû quitter sa propre mère et choisir une femme en dehors de sa famille.

Du même coup, pour ce jeune, la maladie et la mort contenaient la jouissance contradictoire et complémentaire : sans angoisse, l'inconscient satisfaisait le désir de se faire châtrer par le père jaloux. « Les bourses ou la vie ? — Les deux, papa ! Tu ne m'auras pas vivant, mais moi je t'aurai mort ! » c'est-à-dire : « Maman pensera plus à moi qu'à toi ! »

> G.S. : L'effet somnifère que Jésus stigmatise est la dérobade à la loi d'honorer son père et sa mère et soi-même en honorant son patronyme et en

vivant son désir génital avec une personne extra-
familiale. En un mot, en assumant la loi du désir
lié à l'amour en dehors de sa famille.

F.D. : Je vois d'ici le lecteur s'étonner de cette dialectique de l'inconscient, je dirai même de cette dialectique
freudienne de l'inconscient. Mais, pour les névroses
narcissiques, par exemple, l'absurdité de la mort — la
psychanalyse l'a découvert — n'est pas plus redoutable,
pour l'inconscient, que la vie.

En effet, l'inconscient ne connaît pas la négativité. La
mort, négation de la vie, est donc totalement ignorée
par l'inconscient. En tout cas, la mort peut recéler la
satisfaction d'un désir ou, plus justement, la mort peut
offrir le mirage ou le leurre de satisfaire un désir lorsque
celui-ci ne peut être vécu qu'avec culpabilité, c'est-à-dire
quand l'éthique génitale est pervertie.

G.S. La mort n'est donc effrayante que pour le
conscient. La mort peut n'être qu'un désir inconscient pour un objet désespérément inatteignable?

F.D. : Ce peut être ainsi le moyen de s'accomplir par
un retour imaginaire à l'avant de sa conception, dans
ce nirvana que la mort réelle, croit-on, promet aux fantasmes de jouissance. Ce nirvana serait le retour dans
le rien conscient qu'on imagine, à tort, être le paradis
du sein de la mère.

La mort peut être aussi entrevue, non seulement
comme un repos éternel, mais comme un moyen de
recevoir la punition du désir génital interdit par un père
castrateur.

Bref, attiré à la mort, le jeune homme nubile et non initié à la vie peut imaginer que tous ses désirs y seront enfin satisfaits.

Et le jeune homme de Naïm que l'on porte en terre a toutes les apparences de la mort. Il est « allant-devenant mort ». Nul doute que s'il est enterré, il sera, dans les heures suivantes, authentiquement mort!

> G.S. : Il n'est donc pas mort, il « dort » comme la fille de Jaïre, ou comme Lazare?

F.D. : Oui. Comme la fille de Jaïre. Lazare, c'est un autre problème. Il est en état de mort apparente, de coma prolongé, dirait-on aujourd'hui. Son âme, comme on dit, a quitté son corps avant son temps. C'est une mort prématurée par rapport au destin de ce garçon. Elle survient trop tôt du fait des conditions de son éducation. Il manque quelqu'un pour que son désir vive, un être à aimer pour faire battre son cœur, un maître à vivre pour éveiller son esprit.

> G.S. : Pour vous, nous sommes un corps et une âme. S'il y a séparation, c'est la mort?

F.D. : Si elle se prolonge, c'est la mort. Mais au départ, c'est un début de mort, la mort n'est pas toujours immédiate ni totale[1].

---

1. De nos jours, on sait que le cœur peut cesser de battre mais à l'électrocardiogramme le muscle cardiaque peut vivre encore. Le cerveau de même, si on suit le tracé de l'électro-encéphalogramme, vit encore dans le coma prolongé. Ce sont des cas où l'on tente la réanimation. Où est l'âme dans ces états de mort apparente?

handwritten: stabilized

G.S. : Mais alors, cette âme, où se promène-t-elle?

F.D. : Comment savoir! Quoi qu'il en soit de notre igno-
rance à ce sujet, nous savons mieux ce qu'il en est de la
signification de la mort pour ceux qui restent.

Cette mort est devenue pour le groupe social de Naïm
le doigt du destin, comme on dit, et non pas ce qu'elle
est, un subterfuge de désir.

Jésus, dans sa lucidité, comprend la situation. Il se
fait le représentant de l'époux symbolique et en même
temps du père symbolique, tant de la femme que du garçon. Il les remet tous deux dans la vie du désir, dans
leurs pulsions génitales assainies, tous deux séparés par
son dire. Ce n'est plus un enfant mais un jeune homme
qui vit.

Car Jésus est « père ». « Qui me voit, voit le Père. »
Il est père de toute l'humanité : cela ne signifie pas le
« monsieur », le mari de la mère, mais qu'en lui se trouve
le père, c'est-à-dire le génie paternel, l'essence génitrice.
Il donne toujours naissance, renaissance, résurrection,
vie.

Il nous fait sans cesse basculer du champ de la loi
dans le champ du désir.

Toujours, « avec lui, tout est neuf à nouveau[1] ».

Le corps est là, apparemment cadavre. Quand le tracé s'aplatit définitivement, alors seulement on peut affirmer la mort. Souvent, au cours
des réanimations, le tracé s'aplatit puis reprend plusieurs fois avant de
définitivement s'aplatir, ôtant tout espoir au réanimateur. Il y a parfois
une longue alternative entre ce qui n'est pas encore la mort et ce qui n'est
plus la vie.

1. *L'Autre Soleil,* Olivier Clément, Stock.

Résurrection
de la fille de Jaïre

Évangile selon saint Marc
Mc 5, 21-43

Quand Jésus eut regagné en barque l'autre rive, nombreuse fut la foule qui se rassembla autour de lui. Il se tenait au bord de la mer. Arrive alors un des chefs de synagogue nommé Jaïre, qui, le voyant, tombe à ses pieds et le supplie avec insistance : « Ma petite fille est à toute extrémité, viens lui imposer les mains pour qu'elle puisse guérir et qu'elle vive. » Jésus partit avec lui, une foule nombreuse le suivait et le pressait de tous côtés.

Or, une femme atteinte d'une hémorragie depuis douze ans et qui avait beaucoup souffert du fait de nombreux médecins et qui avait dépensé tout son avoir sans aucun résultat (elle allait plutôt de mal en pis), avait entendu parler de Jésus.

Venant par-derrière dans la foule, elle toucha le pan de son manteau. Elle se disait : « Si je touche au moins son vêtement, je serai sauvée. » Aussitôt, la source d'où elle perdait le sang fut tarie et elle sentit dans son corps qu'elle était guérie de son infirmité.

Aussitôt Jésus sentit qu'une force était sortie de lui, il se retourna dans la foule et demanda : « Qui a touché *mes vêtements?* » *Ses disciples lui dirent :* « *Tu vois les gens qui te pressent de tous côtés, et tu demandes :* " *Qui m'a touché?* " *Mais Jésus regardait autour de lui pour voir celle qui avait fait cela. La femme, toute craintive et tremblante, sachant bien ce qui venait de lui arriver, vint se jeter à ses pieds et lui dit toute la vérité.* « *Ma fille, lui dit-il, c'est ta foi qui t'a sauvée, va en paix et sois guérie.* »

Il parlait encore quand, de chez le chef de la synagogue, des gens arrivent et disent à Jaïre : « *Ta fille est morte, pourquoi déranger le Maître?* » *Mais Jésus, qui avait surpris ces mots qu'on venait de prononcer, dit au chef de la synagogue :* « *N'aie pas peur, crois seulement!* »

Il ne laissa personne l'accompagner sauf Pierre, Jacques et Jean, le frère de Jacques. Arrivé à la maison du chef de la synagogue, il entend du vacarme, des gens qui pleurent et poussent de grands cris. Il entre et leur dit : « *Pourquoi tout ce vacarme et ces pleurs? L'enfant n'est pas morte, elle dort.* » *Mais ils se moquaient de lui.*

Les ayant tous mis dehors, il emmène le père et la mère de l'enfant et ceux qui l'accompagnaient. Il pénètre alors où était l'enfant. Et, prenant l'enfant par la main, il lui dit : « *Talitha Koum* », *ce qui veut dire :* « *Ma petite fille, debout, je te l'ordonne.* » *Aussitôt la fillette se leva et elle se mit à marcher car elle avait douze ans. Ils furent saisis aussitôt d'une très grande stupeur. Il leur recommanda vivement que personne ne le sût; et il dit de donner à manger à l'enfant.*

G.S. : Avez-vous remarqué que les évangiles ne séparent jamais l'histoire de la résurrection de la fille de Jaïre de celle de la femme qui perd du sang?

F.D. : Si ces deux récits sont associés dans la trame évangélique, c'est qu'ils sont liés par un enchaînement inconscient organique et spirituel. En effet, c'est une même histoire : il y a une femme au destin féminin arrêté, il y a un homme au destin paternel faussé. *distorted*

G.S. : Une femme est atteinte dans sa féminité depuis douze ans, pendant qu'une fillette de douze ans, avant même que d'être femme, voit son destin arrêté.

F.D. : Cette femme est exclue depuis douze ans de la lice des femmes sexuellement désirantes et désirables. Une fillette de douze ans meurt au lieu d'y entrer à l'âge venu de sa nubilité.

En effet, il est écrit que cette femme a des pertes de sang, des hémorragies. Or, quand on dit qu'une femme a des pertes de sang, c'est bien parce qu'elle a des écoulements menstruels exagérés. Ici, le mot est plus grave, il s'agit d'une hémorragique [1]. Ces pertes durent depuis douze ans.

G.S. : C'est donc un drame pour cette femme, dite impure : elle ne peut avoir de relations sexuelles avec un homme.

---

1. Je signale que je n'ai pas trouvé le terme « hémorroïsse » dans les dictionnaires — terme souvent employé dans les traductions. Ce mot, par sa consonance, laisserait entendre qu'il s'agirait d'hémorroïdes. A mon avis, il n'en est rien. On nommerait actuellement ce symptôme « métrorragie ».

F.D. : Écoutez sous quelle loi vivait cette femme.

Il est écrit, en effet, dans le Livre du Lévitique (15, 24-25) : « Si un homme couche avec elle [la femme qui a ses règles], l'impureté de ses règles l'atteindra. Il sera impur pendant sept jours. Tout lit sur lequel il couchera sera impur. Lorsqu'une femme aura un écoulement de sang de plusieurs jours, hors du temps de ses règles, ou si ses règles se prolongent, elle sera pendant toute la durée de cet écoulement dans le même état d'impureté que pendant le temps de ses règles. » Vous imaginez, pour cette femme, la tragédie qui dure depuis douze ans.

G.S. : Par contre, pour la fille de Jaïre, c'est apparemment le bonheur.

F.D. : Son père l'aime. Depuis douze ans, elle est la fierté, la joie de son entourage, de sa famille et des gens qui ont une certaine révérence pour son père, notable du lieu (il est chef de la synagogue).

Mais ce père apparaît comme fixé inconsciemment et incestueusement à « sa » fille. Ce père est un nourrisson géant accouplé au sein de sa mère ou de sa grand-mère que re-présente inconsciemment pour lui sa fille. Il la maintient « petite », dans sa sphère à lui, il la veut, sans le savoir, dépendante de son amour possessif paternel. Jaïre ne fait pas mention de sa femme, la mère de l'enfant. C'est tout de même étonnant, non?

G.S. : C'était peut-être la coutume à cette époque de ne pas s'occuper de la femme.

F.D. : Mais alors, pourquoi s'occupe-t-il de sa fille? Non, il se pose comme le seul éprouvé : « Ma petite fille », dit-il. Il ne dit pas : « Notre petite fille est à toute extrémité. »

     G.S. : Vous croyez donc que ce père « possède » sa petite fille?

F.D. : Oui, mais entendons-nous sur le sens du mot « possède ».

Il ne s'agit ni de possession au sens habituel de sexualité adulte, et pas plus au sens de possession diabolique. Cependant, il s'agit bien du jeu d'un désir qui nuit à l'ordre de la santé psychosomatique de cette enfant, qui entrave sa liberté de vivre, l'empêchant de se développer vers une libération des puissances féminines de jeune fille et de leurs options hors du giron paternel.

En jargon psychanalytique, nous pouvons dire que ce père est surprotectif de type maternant. Il est animé d'un amour possessif pour sa fille dite par lui « petite » (alors qu'elle a douze ans), donc il se considère grand à son égard, et, ne parlant pas de la mère de cette enfant, c'est qu'il en tient le rôle, inconsciemment. Il ne le sait pas.

La psychanalyse nous a révélé après Freud, qui a découvert la confusion de l'amour et du désir, celle du désir et du besoin au cours de notre enfance à tous; la psychanalyse, donc, nous permet de comprendre ce qu'on appelle des fixations affectives névrosantes à des êtres humains par nous traités comme des « objets partiels » d'une sexualité pré-génitale. Leur « possession » nous est devenue tellement pathologiquement co-existentielle, que nous n'admettons plus chez ces êtres humains leur statut de sujets autonomes.

Bien sûr, l'enfant petit ne peut être autonome, il dépend des adultes tutélaires. Mais il arrive souvent que ces adultes, eux, jouissent de cette dépendance de leurs enfants, et ne puissent, au fur et à mesure de la croissance en âge de ces enfants, délivrer ceux-ci de leur assujettissement à leur personne, à leur désir, à leur amour.

Les enfants de ces mères « dévorantes » n'ont pas la liberté d'aimer d'autres personnes, de se dérober à leurs embrassades, de leur cacher la moindre pensée.

Le père peut être aussi « dévorant » — c'est-à-dire animé de désir « oral » — qu'une mère.

L'âge venu chez l'enfant d'assumer ses initiatives — alors que celles-ci n'ont rien de dangereux pour l'enfant —, certaines mères et certains pères ne tolèrent pas cette liberté d'initiatives. Leur autorité sur tous les faits et gestes de l'enfant emprisonne littéralement celui-ci dans un réseau d'interdits à sa liberté de conduite et culpabilisent l'enfant qui se risque à les transgresser. Certains en deviennent « caractériels », d'autres s'étiolent.

En fait, ce sont des parents qui interdisent à leur enfant les plaisirs de leur âge, culpabilisent toute jouissance et aussi toute expérience de la liberté. C'est par angoisse, c'est aussi par jalousie. Leur tutelle est écrasante. L'enfant est leur esclave, complice ou révolté, mal vivant, inapte à assumer sa nubilité.

La fille de Jaïre est ainsi maintenue, depuis douze ans, dans un statut d'objet partiel d'amour dévorant et d'amour infantilisant par son père.

Seule et sans aide extérieure à sa famille, elle ne peut que se dévitaliser. Son père l'aime d'un amour qu'il faut bien dire incestueux inconscient, d'un amour de style libidinal oral et anal qui fait d'elle sa prisonnière en cage dorée.

G.S. : Sa mort est donc, pour vous, provoquée par celui qui demande sa guérison?

F.D. : Oui, mais il ne s'agit encore que d'une mort apparente. Le Christ le dit bien, la jeune fille dort dans cette enfant.

Le père aussi, comme homme, est en état de mort menaçante, il est malade, comme l'est la femme hémorragique. Le Christ en a compassion. Il saisit, dans ce père, le désordre de son amour paternel, sa déviance, si vous voulez : en perdant sa fille, il perd, non son sang comme la femme, mais le fruit de son sang. Il en oublie de mentionner son épouse, la mère dont l'enfant est, tout autant que de son sang à lui, le fruit. Il ne fait cas que de sa souffrance à lui. Sa femme n'est pas présente dans sa parole.

C'est le seul cas dans les évangiles où un homme se dérange pour une fille. On voit des femmes, des mères parler de leurs enfants au Christ. Jaïre est le seul homme. Sa démarche a dû marquer les Apôtres.

G.S. : Mais de quoi cette enfant est-elle malade?

F.D. : Vous voulez dire quels sont ses symptômes?

Le texte ne nous le dit pas mais nous fait comprendre que c'est de sa féminité que, depuis douze ans, cette enfant est malade, maintenue artificiellement en position infantile de dépendance. Elle est petit objet chéri, chaton câlin d'un homme, qui, en demandant sa guérison, ne pense qu'à lui-même.

Sa détresse d'homme riche et impuissant émeut Jésus, car Jésus a toujours compassion pour nos faiblesses. Tel qu'il est, Jaïre ne peut supporter que sa fille grandisse, qu'elle lui échappe en devenant nubile, puis femme, puis mère à son tour.

> G.S. : Et pour la femme hémorragique, c'est la même chose?

F.D. : En effet, cette femme a achevé la croissance adulte de son corps, mais son sang s'écoule inutilement, sa sexualité féminine, hors circuit des échanges du désir et de l'amour, s'écoule et meurt : elle ne peut se reconnaître femme dans le regard d'un homme.

Non cyclée génitalement, elle vit cachée et besogneuse comme un être neutre. Femme non éclose, elle continue de rejeter le sang dont le courant ne donne pas vie à d'autres vies.

Elle est impure à ses propres yeux, elle est impure aux regards des hommes. Intouchable et frustrée, sa désespérance a douze ans, comme l'objet de la désespérance de Jaïre, sa fille.

Sa génitalité, perturbée depuis douze ans, l'éprouve socialement, elle est pauvre et humble. Lui, c'est sa génitude qui, depuis douze ans, faisait avec sa richesse matérielle, son orgueil. Le voilà le plus misérable des hommes, sa vie perd son sens. Le voilà devenu humble comme le plus pauvre des hommes. Le voilà authentiquement demandeur.

G.S. : D'après vous, pourquoi y a-t-il miracle?

F.D. : « Si je touche au moins ses vêtements, je serai sauvée. » Aussitôt, la source d'où elle perdait le sang fut tarie et elle sentit dans son corps qu'elle était guérie de son infirmité. Aussitôt, Jésus eut conscience de la force qui était sortie de lui et s'étant retourné dans la foule, il demandait : « Qui a touché mes vêtements? » Ses disciples de dire : « Tu vois la foule qui te presse de tous côtés et tu demandes : " qui m'a touché? " »

Ceci ne veut-il pas dire que l'on peut aborder, toucher, prendre contact, atteindre, mais que, si le désir qui est un appel de communication vivante, qui est une demande personnelle, si le désir donc n'est pas assumé, n'est pas devenu projet, on ne peut rien recevoir? Jésus, lui-même, ne peut donner sa force à ceux qui le pressent de tous côtés s'ils ne désirent ni ne demandent avec la puissance authentique du désir, qui est oubli de soi et totale foi en l'autre — d'un désir unique porté par une immense espérance, jusqu'à l'oubli de soi dans la foi totale en l'autre.

C'est l'intention du désirant et l'intensité de sa demande seules qui suscitent la réponse. Ce toucher de la frange du vêtement de Jésus est une prière en acte. Jésus, source de dynamique vivante, y a répondu inconsciemment, mais l'homme en lui a senti qu'une force lui était dérobée.

« Ma fille, ta foi t'a sauvée. Va en paix, et sois guérie de ton infirmité. » Guérie, elle se sent honteuse d'avoir, telle une voleuse, dérobé de sa force à celui qui pouvait tout. « Non, dit-il, ce n'est pas moi, c'est toi-même qui, par ta foi, as retrouvé l'ordre de ta féminité. »

G.S. : Aussitôt que cette femme est cicatrisée, la nouvelle arrive à Jaïre : « Ta fille est morte, pourquoi déranger le Maître? »

F.D. : Ainsi, au moment même où la femme adulte se guérit, la fillette se meurt. Il y a un lien évident. Cette enfant ne vivait qu'en état de négation, de perte de désir. Elle était « vampirisée » par l'amour de ce père. Cet homme étouffait en elle toute demande, toute raison de vivre, depuis douze ans. Son père demande de ne pas la perdre car elle est son sang et, plus encore, elle est sa vie. Plus encore, par sa mort il a la révélation qu'elle seule est le sens de sa vie, aux dépens du sens de sa vie pour elle.

Vous savez que tout petit garçon rêve d'égaler sa mère en enfantant par son tube digestif un rejeton qui serait bien à lui, un rejeton parthénogénétique et stérile, objet de son désir et de son amour à lui seul.

La fille de Jaïre est à l'image de cette enfant, piégée dans le désir de complaire à son père, restée, comme ce petit garçon, passive orale anale. C'est une enfant surcomblée dont le désir n'a jamais été castré : on ne lui a jamais rien refusé, elle n'a jamais rien eu ni à demander ni à faire. Phallus fétiche de son père, elle a toujours été gâtée et choyée. Elle se vidait, elle était vidée de la force que donnent les désirs, qui poussent chacun de nous à chercher à satisfaire leurs demandes.

S'il est séparé de l'aide de l'adulte et de ses soins attentifs, l'enfant expérimente ses désirs et leurs risques, et forge ainsi son autonomie.

G.S. : Mais pourquoi imaginer que cette fillette était ainsi comblée et adulée?

F.D. : Comme je le disais, d'abord ces deux récits sont associés, liés dans les évangiles. Puis, le même nombre d'années, douze, est mis en rapport avec le miracle : douze ans d'hémorragie; et « elle marcha parce qu'elle avait douze ans ».

De plus, c'est un homme aisé assurément : il est chef de la synagogue.

Ensuite, c'est un homme qui se dérange pour « sa » fille, fait exceptionnel et unique dans les évangiles. A cette époque, perdre une fille n'était pas si grave pour un père. C'est donc qu'il existe un rapport spécial, privilégié entre lui et sa « petite fille », à l'exclusion de sa femme. C'est Jésus qui, à la fin, réintroduit le couple et lui intime l'ordre de donner seulement à manger à la jeune fille rendue à la vie.

C'est pourquoi je pense que la fille de Jaïre a été enseignée à vivre tel un oiseau charmant en cage dorée, prisonnière impuissante de son père et de l'entourage qui ne l'en disjoignait pas.

> G.S. : Pourquoi les évangiles joignent-ils dans un même moment la guérison de la femme et la mort de la petite?

F.D. : La fillette meurt de peur de faire mourir son père. Quand un enfant ou un adolescent, ou un fils ou une fille accède à son désir contre la volonté de ses parents, c'est le drame, souvent des colères, des pleurs, des cris. C'est du quotidien.

C'est la lutte des adolescents pour vivre hors de leur famille. On les dit dans l'âge ingrat... Ingrats vis-à-vis de leurs parents, bien sûr, qui le leur reprochent! Ce

n'est pas, hélas, sans culpabilité vis-à-vis de leur sexualité que les jeunes se sortent de ce passage douloureux,
ni les parents sans amertume.

Mais quand l'enfant qui tient une place précise dans
la pathologie d'une famille névrosée — ici la place de
poupée, objet privilégié du père — veut quitter cette
place et vivre son désir personnel, en admettant qu'il en
ait encore l'énergie, ce qui est rare après tant d'années de
parasitage réciproque, alors, l'autre sombre dans la neu-
rasthénie, voire le suicide — même désespoir dans sa
forme passive ou active. La fille de Jaïre a abandonné la
lutte pour sa vie. Le père ignore qu'il en est en grande
partie responsable. Il souffre, il a peur, il appelle Jésus
à son secours.

> G.S. : Alors arrive la même réponse qu'à la femme
> hémorragique (encore une concordance entre les
> deux récits) : « N'aie pas peur, aie seulement la
> foi. » « C'est ta foi qui t'a sauvée. »

F.D. : C'est toujours une question de foi. A la femme,
Jésus dit : « Tu as toujours eu de quoi avoir un sang
cyclé, mais tu ne le savais pas. La foi en toi-même,
c'est un homme qui peut te la donner. » Cet homme ce
fut Jésus. En effet, une femme ne se sait, ne se sent féminine que par un homme qui croit en elle. C'est dans les
yeux d'un homme, dans son attitude, qu'une femme
se sait ou se sent féminine.

Il dit la même chose à Jaïre : « Aie foi en toi, en ta
force d'homme et d'époux, et ta fille vivra. » Autrement
dit : « Si tu as foi en ta force d'époux, tu pourras dire
à ta fillette : " Ma petite fille, tu es féminine, mais pas

pour moi. " Et elle pourra vivre par et pour un autre. »
Jésus est cet autre.

G.S. : Pourquoi exclure la foule et tout ce monde
qui pleurait et se lamentait?

F.D. : Ils gémissaient non pas sur cette fillette mais sur
la vedette qu'elle représentait, sur la fille choyée du chef.
De la mort d'une autre fillette auraient-ils pleuré autant?
Mais c'était la fille d'un notable! Tout le groupe était en
émoi. C'était tellement rare, une fille que son père aimait
tant, et quel père!
Jésus supprime tout le pathos, tout le mélodrame des
lamentations, toutes les protections, tous les usages qui
avaient enfermé la petite, objet et non sujet, depuis
douze ans dans le sommeil du cœur. Cette jeune fille
ignorait son désir de devenir adulte. Il ne lui restait qu'à
en rêver dans le sommeil apparent.

G.S. : « " L'enfant n'est pas morte, elle dort ",
dit Jésus. Et ils se moquaient de lui. » D'où vient
cette raillerie? Le prennent-ils pour un charlatan?

F.D. : Oui, bien sûr, mais le rire, la raillerie, est aussi
une résistance à une angoisse. Quand, à l'Académie des
Sciences, Edison a présenté son phonographe, les aca-
démiciens sont tous sortis en se moquant : « On ne va
pas nous prendre pour des gogos de minable sorcellerie! »
Chaque fois qu'un bouleversement se produit dans les
lois jusqu'alors connues, il y a toujours quelqu'un qui
se moque, qui nie que cela soit possible. Ce fut le cas
pour Pasteur, pour Franklin, etc.

Tout ce qui est nouveau provoque une réaction, une résistance. Freud, encore de nos jours, suscite opposition et refus. Le Christ, encore de nos jours!...

La nouveauté, l'aventure, l'imprévu, la nouvelle, la Bonne Nouvelle, angoissent d'abord avant de donner paix et joie.

G.S. Et Jésus dit : « Fillette, lève-toi. » Il la réveille de cette hypnose qui la paralysait...

F.D. : Vous avez raison de parler d'hypnose, ce qui ne veut pas dire qu'elle ne fût pas morte aux yeux humains de son entourage. Mais, en ce qui concerne la mort, comme la vie d'ailleurs, je le redis, ce qui est important, ce n'est pas ce qu'il en est, mais ce qu'elle signifie.

Ici cette enfant est engourdie, figée par un homme qui n'est pas encore castré, pas encore séparé de son désir d'être à la fois homme et femme : il évinçait sa femme, vivait de l'amour de son enfant. Père et fillette ne faisaient qu'un. Celle-ci devenant cyclée, nubile, le père perdait alors son sang. Il devenait hémorragique!

G.S. : Après cette résurrection, la première idée du Christ, c'est de dire aux parents : « Donnez-lui à manger. »

F.D. : Les parents n'ont à satisfaire que les besoins de cette enfant et non ses désirs. Cette enfant est morte, elle a perdu l'appétit de vivre : on lui avait donné tout sans qu'elle puisse jamais rien désirer par elle-même.

Maintenant, le Christ la fait vivre en enfant saine qui n'est plus à ses parents mais à elle-même. « Donnez-lui

à manger, ne la dévorez plus. » Destinée à quitter bientôt
sa famille, qu'elle advienne à la liberté de son désir, et
bien sûr à ses risques aussi.

G.S. : Ils sont saisis de stupeur...

F.D. : Ils découvrent tout d'un coup que l'enfant qu'ils
aimaient n'est pas celle qui ressuscite. Une résurrection,
c'est une rupture, une mutation. La voilà ressuscitée. Au
lieu de leur donner, donc, cette enfant à embrasser, à
couvrir de baisers, Jésus leur dit : « Donnez-lui à manger;
c'est votre seul rôle maintenant vis-à-vis de votre fille. »

G.S. : « Et n'en parlez pas, fermez votre bouche. »

F.D. : Que la vie de cette fillette guérie témoigne par
elle-même. Point de papotages à son sujet, point de
propos où elle serait à nouveau héroïne passive d'exploits
spectaculaires. De plus, les parents se vanteraient peut-
être encore avec elle et par elle. Ils seraient tous objets
d'admiration. Non, qu'elle mange et aille, signe suffisant
par lui-même. C'est elle qui doit, dorénavant, assumer
ses agissements, parler en son nom.

G.S. : A son « réveil », elle a devant les yeux le
couple de ses parents, Jésus et ses disciples.

F.D. : En obligeant sa mère à être conjointe à son époux
au moment de son réveil, Jésus initie cette fille à son
avenir de femme. Il la prend par la main, la fait lever
et marcher : il la sépare de son père rapproché de son
épouse, comme autrefois sa mère fut séparée de son
propre père pour se marier.

La fille de Jaïre, détachée de la dépendance à son père, s'éveille. L'homme Jésus lui offre sa main et ainsi lui révèle son identité de jeune fille. La mère est remise en sa place d'épouse. Elle peut être maintenant un exemple pour sa fille qui, en se préparant à son rôle de femme, d'épouse et de mère, s'épanouira dans l'amour.

Et que voit-elle encore au moment de son réveil? La société des hommes que figurent les disciples de Jésus. Ils l'accueillent dans la chasteté de leur regard et la confirment ainsi dans sa féminité renaissante. Son enfance recroquevillée est terminée.

En mourant, elle n'avait qu'un père, elle découvre un couple heureux tandis que, près de celui qui lui redonne la joie de vivre, quatre hommes chastes la saluent. On dirait une intronisation à la société.

> G.S. : Une femme est donc reconnue femme par un homme. Mais une fillette, qui l'aidera à se reconnaître féminine?

F.D. : Une fillette se reconnaît telle par un homme chaste et non par un homme possesseur. Une fillette qui n'a de valeur que par l'amour captatif de son père n'est pas apte à entrer dans la lice des jeunes filles de la société. Je pense que le rôle des Apôtres dans ce « psycho-drame » est aussi important que celui des deux parents témoins.

En effet, adulée ou méprisée, une femme est également dérobée à son destin de désirante.

> G.S. : Voici donc deux femmes qui ont des rapports différents avec les hommes?

F.D. Oui. La fille de Jaïre est méconnue comme sujet, flattée comme objet. La femme hémorragique, méconnue aussi, solitaire, perdue dans la foule, est l'image de la femme besogneuse, abandonnée des hommes. Toutes deux sont exclues : la première n'est pas introduite à la société, la seconde en est rejetée.

Trop adulée par les hommes ou trop ignorée d'eux, la femme ne peut se savoir femme. Elle n'arrive pas à focaliser son désir d'être reconnue femme par un autre ni à donner forme vivante à sa féminité.

Nous dirions, aujourd'hui, que toutes deux se mouraient de maladies psychosomatiques, étaient fémininement impuissantes, chacune pour son âge, et dans un statut économique et social diamétralement opposé.

G.S. : Elles ont leur vie féminine arrêtée dans sa dynamique.

F.D. : La petite, comme je l'ai dit, est un objet, participante de la notoriété de son père, support des fantasmes de puissance pour les gens d'une société adoratrice d'argent et de titres, que possédait son père.

La femme hémorragique est blessée d'une castration imaginaire.

Bien des fillettes, en découvrant la différence anatomique des sexes et devant la fierté des garçonnets, pensent qu'il leur manque « quelque chose ». Bien des jeunes filles gardent de cette déconvenue première oubliée une opinion peu flatteuse de leur sexe, une honte intime que renouvelle mensuellement, après la nubilité, la période d'éviction qu'impose le flux mensuel, pressenti comme opprobre. Bien des jeunes filles conservent aussi, du fait de leur sexe, des sentiments d'infériorité jusqu'au jour où, par un homme, elles découvrent leur valeur de femme. Ce qu'elles croyaient une blessure leur est révélé ouverture à l'amour.

> G.S. : Dans ce passage d'évangile, nous découvrons, là encore, des humains arrêtés prématurément dans leur destin.

F.D. : Oui, la source de leur désir s'épuise à cause d'une relation émotionnelle destructurante. Ils sont tous trois retenus à leur corps d'enfance par un lien d'amour non rompu qui les voue à une stagnation stérilisante.

Le Christ rompt ce lien et les rend autonomes. Elles éclosent, libérées — la fillette, d'être survalorisée, la femme, d'être méprisée. Enfin capables, depuis douze ans, l'une de marcher seule, l'autre de vivre femme.

Résurrection
de Lazare

Évangile selon saint Jean
Jn 11, 1-44

Lazare de Béthanie était malade (Béthanie est le bourg de Marie et de Marthe, sa sœur). C'est cette Marie qui répandit du parfum sur le Seigneur et lui essuyait les pieds avec ses cheveux, et c'est son frère, Lazare, qui était malade. Ces deux sœurs envoyèrent dire à Jésus : « Seigneur, celui que tu aimes est malade. » A ces paroles, Jésus dit : « Cette maladie n'aboutira pas à la mort, mais elle est pour la gloire de Dieu, par elle, le Fils de Dieu sera glorifié. » Jésus aimait Marthe et sa sœur, et Lazare.

Après qu'il eut appris la maladie de Lazare, Jésus resta deux jours encore à l'endroit où il se trouvait. Puis, il dit à ses disciples : « Retournons en Judée. »

« Rabbi, lui répondirent-ils, il n'y a pas longtemps, les Juifs cherchaient à te lapider, et tu y retournes ! »

Jésus dit : « Le jour n'a-t-il pas douze heures ! Si quelqu'un marche le jour, il ne trébuche pas parce qu'il voit la lumière de ce monde, mais, s'il marche la nuit, il trébuche parce que la lumière n'est pas avec lui. »

Après quoi, il leur dit encore : « Lazare, notre ami, se repose, je m'en vais le réveiller. »

Les disciples lui dirent : « Seigneur, s'il se repose, il sera sauvé. »

Jésus parlait de sa mort mais eux se figuraient qu'il parlait du repos du sommeil. Jésus leur dit alors clairement : « Lazare est mort, et je me réjouis pour vous de n'avoir pas été là, afin que vous croyiez. Allons chez lui. »

Sur quoi, Thomas, surnommé Didyme, dit aux autres disciples : « Allons et nous aussi mourrons avec lui! »

A son arrivée, Jésus trouva Lazare au tombeau, il y était depuis déjà quatre jours. (Béthanie n'est qu'à environ quinze stades [1] de Jérusalem. Auprès de Marthe et de Marie, beaucoup de Juifs étaient venus offrir leurs condoléances pour la mort de leur frère.

Quand Marthe apprit que Jésus arrivait, elle partit à sa rencontre. Quant à Marie, elle restait assise à la maison.

Marthe dit à Jésus : « Seigneur, si tu avais été là, mon frère ne serait pas mort! Mais, maintenant encore, je sais que tout ce que tu demanderas à Dieu, il te l'accordera! »

Jésus lui dit : « Ton frère ressuscitera. »

Marthe dit : « Je sais qu'il ressuscitera, au dernier jour, lors de la résurrection. »

Jésus lui dit : « Je suis la Résurrection et la Vie, celui qui croit en moi, fût-il mort, vivra, et quiconque vit et croit en moi, ne mourra jamais. Le crois-tu? »

« Oui, Seigneur, répondit-elle, j'ai toujours cru que

---

1. Soit près de trois kilomètres.

tu es le Christ, le Fils de Dieu qui doit venir dans ce monde. »

Cela dit, elle partit appeler sa sœur Marie, lui disant tout bas : « Le Maître est là, il te demande. » A ces mots, elle se lève tout de suite et s'en va vers lui. En effet, Jésus n'était pas entré dans le bourg, il se trouvait toujours à l'endroit où Marthe l'avait rencontré. Les Juifs qui étaient avec Marie dans la maison et la consolaient, la virent se lever en toute hâte et sortir, la suivirent pensant qu'elle allait au tombeau pour y pleurer.

Mais elle arrive à l'endroit où était Jésus; en le voyant, elle tombe à ses pieds et lui dit : « Seigneur, si tu avais été là, mon frère ne serait pas mort. »

Quand Jésus la vit pleurer, et pleurer aussi les Juifs qui l'accompagnaient, il frémit, troublé et bouleversé. Puis il demanda : « Où l'avez-vous mis »?

On lui répondit : « Seigneur, viens voir. »

Jésus pleura.

Les Juifs dirent alors : « Voyez comme il l'aimait! » Mais d'autres dirent entre eux : « Lui qui a ouvert les yeux de l'aveugle, ne pouvait-il pas faire aussi que cet homme ne mourût pas? »

Jésus frémit de nouveau en lui-même, il arrive au tombeau. C'est une grotte avec une pierre placée devant.

« Enlevez la pierre », dit Jésus.

Marthe, la sœur du défunt répondit : « Il sent déjà, Seigneur, c'est le quatrième jour. »

Jésus lui dit : « Ne t'ai-je pas dit que tu verras la gloire de Dieu si tu crois? »

On enleva donc la pierre. Jésus leva les yeux au ciel et dit : « Père, je te remercie de m'avoir exaucé. Je savais bien que tu m'écoutes toujours, mais c'est pour

la foule qui m'entoure que je dis cela, afin qu'elle croie
que c'est toi qui m'as envoyé. »
   Cela dit, il hurla : « Lazare! Ici! Dehors! »
   Le mort sortit, les pieds enveloppés par des bandes et
les mains aussi et le visage recouvert et lié par un
suaire.
   Jésus leur dit : « Déliez-le et laissez-le aller. »

G.S. : Nous arrivons maintenant à la troisième
résurrection, celle de Lazare. Ce qui me frappe dans
ce récit, c'est que Jésus se fait attendre. Fait-il un...
caprice?

F.D. : Le Christ a perçu l'échec possible de sa mission,
à savoir, que l'on s'arrêtât à une communion ou à une
communication de corps à corps avec lui, même imaginaire. Nécessaire peut-être à un certain moment de son
évolution et de l'évolution de ceux qui l'entouraient, cette
communion lui apparaît désormais insuffisante. Il faut
aller plus loin.
   La différence entre la résurrection de Lazare et les
deux précédentes, c'est que Lazare est pour Jésus un ami
personnel. Cette famille de Béthanie lui est chère, ce
foyer est pour lui un havre de repos. On l'appelle au
secours. Oui, son ami est malade, mais doit-il pour
cela interrompre son périple et changer ses projets
actuels? En Judée, il le sait, il est interdit de séjour et
il ne doit pas mettre sa propre vie en danger, non plus
que celle de ses disciples, avant son heure. Ce n'est
pas un caprice. Il vit une réelle épreuve personnelle et

ne voit pas clair sur ce qu'il doit faire. Je pense que lorsqu'il se décide à aller à Béthanie, c'est parce qu'il sait alors, non seulement que Lazare est mort, mais que c'est l'heure pour sa mission de manifester la gloire de Dieu. A l'occasion de cet événement il a un message à transmettre.

Il y a des épreuves provoquées par ce qu'en psychanalyse on appelle le mécanisme d'échec. Mais il y a des épreuves initiatiques inévitables. Cette semaine tragique pour Lazare et ses sœurs leur était nécessaire — il était nécessaire aussi pour Jésus de voir clair en sa mission par-delà les affinités personnelles de son cœur d'humain. Je pense que c'est à cela qu'il fait allusion dans ses paroles concernant les heures de clarté et les heures d'obscurité.

C'est par souffrance et deuil que l'être humain doit passer pour évoluer. Il y a des expériences douloureuses qui sont inévitables, par lesquelles les êtres humains sont éprouvés dans leur foi : ils passent par la nuit.

G.S. : Mais pourquoi se fait-il attendre si long-temps? Lorsqu'il arrive, Lazare est dans le tombeau depuis quatre jours, « il sent déjà ». Pourquoi ce retard?

F.D. : Jésus le dit lui-même : « Lazare est mort, et je me réjouis pour vous de n'avoir pas été là, pour que vous croyiez. »

Cette résurrection est un tournant décisif dans la vie du Christ.

Le problème qui se pose à Jésus est double : « Ma mission n'est pas que les gens vivent de ce que, moi,

je sois là avec mon corps charnel, ou meurent parce que
je ne suis plus là avec mon corps charnel. C'est la foi
en Dieu et l'amour les uns pour les autres qui doit les
faire vivre. »

Il y a donc échec possible si on l'aime, lui, au lieu de
croire en lui, en ses paroles, en sa mission. Voilà, me
semble-t-il, le premier aspect de son problème.

Le second aspect lui est corrélatif. Il est le Chemin
et la Vie. Il ne peut pas retenir à lui, par son humanité,
ce qui serait une sorte de séduction leurrante. Il est
homme, il a des affects positifs, il donne donc de son
amour humain à l'être humain. Mais il aime les hommes
dans leur devenir et non dans une fixation interperson-
nelle narcissique.

Son amour est évolutif. Il se veut dynamogène d'amour
en chaîne entre les êtres humains, ses frères et sœurs en
Dieu. Si son être de chair ne servait à ceux qui l'aiment
que de miroir où ils retrouveraient leur propre présence
aimée, sa mission évolutionnaire d'un judaïsme renouvelé serait manquée.

La Nouvelle Alliance qu'il est venu révéler aux
hommes ne serait pas scellée en leur cœur, le message
serait obéré par la chair de son corps, médiateur par
ses actes et ses dires de la parole de Vie.

Sa parole doit, lui absent, demeurer présente, aussi
vivace au cœur de ceux qui l'ont reçue que s'il était
avec eux partageant leur vie quotidienne.

Les sœurs de Lazare reprochent au Christ son abandon. Leur frère en est mort. Ce reproche est la pierre
de touche d'un « malentendu » dans l'amour — quant
à son niveau — que Lazare avait pour la personne de
Jésus plus que pour ses paroles.

G.S. : Et vous croyez donc que Lazare n'a pas supporté l'absence physique de Jésus?

F.D. : Oui, il n'est plus assez porté, plus assez soutenu pour continuer de vivre. Marthe le dit d'ailleurs à Jésus : « Si tu avais été là, mon frère ne serait pas mort. » Quelques instants plus tard, c'est Marie qui le redit à Jésus : « Seigneur, si tu avais été là, mon frère ne serait pas mort. »
Le Christ ne venant pas à l'appel qui lui est adressé, Lazare se croit délaissé. Il n'était plus certain de l'amour de Jésus pour lui et il désespérait de ne jamais le revoir. Jésus ne pouvait-il pas — s'il l'aimait, lui, Lazare — tout risquer au nom de leur amitié? (Car Lazare savait bien qu'en Judée certains voulaient lapider Jésus.)

G.S. : C'est une amitié homosexuelle?

F.D. : Oui, de la part de Lazare, c'est plutôt une amitié passionnelle, narcissique. Lazare, désespéré d'être séparé de Jésus comme un bébé du sein de sa mère, se laisse mourir. Lazare a, en fait, besoin de Jésus. Son amour pour Jésus est amour de dépendance charnelle. Si Jésus l'a oublié comme il le croit, ou si Jésus préfère sa mission (ou sa sécurité), il n'a plus foi en lui ni en ses paroles.

G.S. : Et Jésus alors, comment aimait-il Lazare?

F.D. : Son destin est lourd à vivre. Jésus est tenté à certains moments d'être un homme comme les autres, d'être

chef politique, d'être riche, d'être puissant [1]... et, pourquoi pas, aussi, d'être aimé pour lui-même. Le démon
n'est pas le seul tentateur. Tout amour humain peut
l'être aussi.

Ce qu'il y a d'humain en lui, Jésus de Nazareth, est
soumis, comme en nous tous, à ces modes d'amour en
miroir auxquels, depuis l'enfance, nous sommes conditionnés.

G.S. : Mais avec Jean, c'est encore plus net, alors.
N'est-il pas appelé « le disciple que Jésus aimait »?

F.D. : Oui, bien sûr. Jean est ce qui reste au Christ de
narcissique, c'est-à-dire de fixation affective à lui-même,
fils de femme qui, dans le miroir d'yeux aimants, a pris
con-naissance — comme chacun de nous se regardant
dans un miroir, aime son visage, ou du moins n'y est
pas indifférent.

Jean est comme un miroir pour Jésus. Comme un
miroir de sa vie cachée — avant Cana — qui préparait
l'avenir. Peut-être se ressource-t-il dans cet humain qui
lui correspond tellement, image de lui-même dans sa
jeunesse ouverte à l'avenir.

Il a donné Jean à la Vierge, justement parce qu'il
était bien son alter ego, pour le remplacer en tant que
fils social, humain, et aussi pour que Marie l'aime et
reçoive consolation de la mort de son fils Jésus.

Jean a supporté la mort de Jésus parce que, à mon
avis, il avait à soutenir Marie. Jean n'était pas, pour
Marie, un ami, c'était un autre fils. Grâce à cette mission,

1. Mt 4, 1-11; Lc 4, 1-13.

Jean pouvait supporter sa douleur. Pour Jésus, Jean était le représentant charnel du fils dont a besoin une mère en deuil de celui que la mort a dérobé à sa chaste tendresse.

Lazare, lui était fixé au Christ par Jésus qui était sa lumière, mais, Jésus absent, il marchait dans la nuit. C'est peut-être une autre interprétation des paroles de Jésus : si quelqu'un marche le jour, il ne trébuche pas, mais s'il marche la nuit, il trébuche. Jésus était son soleil mais pas le Christ.

> G.S. : Lazare ne supporte donc pas l'épreuve de cette séparation d'avec Jésus. Il a besoin de la retrouvaille régulière de Jésus-Christ. Est-ce pour cela qu'il meurt? Il meurt de dépression?

F.D. : A mon avis, il s'agit, en effet, d'une dépression aiguë. Il n'est pas mort d'un accomplissement de son désir, il est mort de manque, d'une frustration, du désir qu'il avait pour Jésus, d'un manque de nourriture psychologique et spirituelle.

Il en avait encore besoin car il n'était pas capable d'autonomie. Et Jésus est son père-mère-grand frère nourricier. Mais dans ce rôle justement, je le répète, Jésus a perçu avec Lazare, de façon exemplaire, le risque de manquer sa mission, si, à l'aimer — sans garder et agir ses paroles — on s'arrêtait.

Jésus s'expose à manquer sa mission par un dernier reste de narcissisme : sa présence charnelle est émouvante, elle a éveillé Lazare! Ce peut être flatteur pour Jésus de Nazareth, mais le Christ ne peut rester fixé à cette complaisance, leurre du narcissisme humain présent en chacun de nous.

G.S. : Quelle place a donc le Christ pour Lazare?
Il est son miroir? Son moi auxiliaire?

F.D. : Oui et non, c'est plus profond. Jésus lui sert et de
placenta et de cordon ombilical.

Lazare tombe malade, il revient à un stade végétatif,
parce que, le Christ absent, il ne peut plus pomper la vie
dans Jésus. Il lui manque de quoi subsister sans la présence de Jésus; il est ainsi comme un arbre coupé de ses
racines, comme un fœtus qui n'est plus alimenté par le
cordon ombilical d'un placenta vivant.

Lazare voit en Jésus celui sans la présence de qui il
n'a pas la vie. Jésus pouvait vivre sans Lazare. Lazare
ne pouvait pas vivre sans Jésus.

Quand naît un bébé, le placenta ne vit plus, ne sert
plus à rien. De même, le fœtus ne vit plus si le placenta
est retiré. Lazare, fœtus qu'il est, ne peut plus vivre
sans Jésus. Avant de connaître Jésus, ses sœurs lui
avaient suffi. Après, non.

Lazare est comme un fœtus mort *in utero*. Il est là,
être humain retourné à la terre mère, enveloppé de bandelettes, n'ayant plus de communication interpsychique
avec les vivants.

Ne pompant plus de sève dans la personne humaine
du Christ, le végétatif en lui n'a plus de quoi vivre. Le
processus de mort, qui soumet toute créature à la désor-
ganisation organique, réduit le corps de Lazare à retourner aux éléments telluriques, ce que traduit la décompo-
sition : l'odeur de la chair corrompue se dégage du
tombeau.

Son corps est maintenant en putréfaction. Lazare
abandonné a perdu l'instinct de conservation. Il lui

manque le seul être au monde dont dépendait sa vie depuis qu'il avait appris à aimer.

Son mode de fixation à Jésus était autant besoin de Jésus que désir fusionnel et amour narcissique. L'épreuve de dévitalisation affective à ce niveau archaïque a entraîné la dévitalisation du lien cohésif inconscient entre l'esprit et la chair. Ce lien détruit entraîne l'effet mortifère du corps.

Il meurt, pourrait-on dire, d'une névrose mélancolique aiguë.

Quand Jésus les connaît et devient leur ami, Lazare est encore lié à ses deux sœurs. Adulte mâle célibataire, il est attaché à deux femmes célibataires. Tous trois restent comme des enfants inséparables, non sevrés, dans la maison de leurs parents. Plus, peut-être, tels des triplés pas encore nés à la vie sociale, aucun des trois ne s'assume indépendamment des autres par sa libido propre.

Remarquez aussi que ces deux sœurs sont aussi fixées à la personne du Christ. Marthe est attachée par ses œuvres de sublimation anale : elle travaille de ses mains, elle organise, elle fait.

Marie est fixée à lui dans une adoration orante : elle se mettait aux pieds de Jésus et elle buvait le lait de ses paroles, immobile à le contempler. Situation affective de transfert oral.

De ces deux « filles », l'une, Marthe, travaillait, s'affairait pour lui; l'autre, Marie, le buvait des yeux et des oreilles. Quant au « garçon », Lazare, il mourait quand Jésus n'était pas là! C'était un trio névrotique!

G.S. : Il pourrait paraître étonnant que le Christ se prête à ces régressions ou à ces fixations non dépassées.

F.D. : Il n'y a là rien d'insolite. Tous les désirs, Jésus peut les avaliser et les rédimer. Il laisse chaque être humain les vivre, ensuite, il les transfigure mais il les transfigure par la castration, c'est-à-dire, je le répète, par une séparation, une rupture d'avec le premier être qui a suscité leur désir authentique et, par-delà ce deuil de leur objet élu, il suscite ce même désir à s'accomplir dans la vie, à l'égard des autres.

Remarquez bien que, dans la résurrection de Lazare, le Christ se castre aussi lui-même. Il se sépare de ce qui reste de charnel dans l'amour qu'il éprouve pour cet homme et de ces femmes qui l'adorent et dont la maison était pour lui un foyer chaleureux.

Ailleurs, on l'a vu, il castre le fils de la veuve de Naïm : il lui donne la castration urétro-anale et génitale.

Il a donné à la fille de Jaïre le sevrage de son père : la castration orale. Pour la fille, quand cette rupture est bien faite à l'égard de ses deux parents, elle entraîne aussi la castration génitale, si le père est castré du désir pour sa fille.

A Lazare, il donne la castration fœtale dont l'ombilic est la trace, et dont il est aussi la preuve du deuil accompli à l'égard du délivre, des enveloppes amniotiques.

G.S. : S'il y a transfert de Lazare sur Jésus, si Jésus représente, pour l'inconscient de Lazare, et son père et sa mère, vous psychanalyste, vous devez admettre que le Christ y a répondu, à ce

transfert, par un contre-transfert! Ceci est dyna-
miquement inévitable dans l'économie libidinale.

F.D. : Mais, c'est évident. Non seulement Jésus accepte
l'amitié de Lazare qui lui fait du bien, mais il y répond.
Ne lui dit-on pas : « Celui que *tu* aimes est malade »?
   Il faut aller plus loin encore. Ce contre-transfert est
une réponse de l'inconscient de Jésus à l'inconscient de
Lazare.
   Devant la mort de Lazare, le Christ frémit, pleure, il
est ému, troublé, trémulant, frissonnant, comme conta-
miné du froid de la mort. Arbre dans le cyclone.
   Son inconscient partage quelque chose de la mort de
Lazare. Pour pouvoir dégager Lazare de sa fixation
infantile à lui, pour séparer Lazare de son placenta que
lui, Jésus, représente, Jésus est obligé de revivre ce qu'il
a aussi en lui de fixation humaine (et contre-transféren-
tielle sur Lazare). Il doit régresser dans sa propre histoire, retourner là où se trouve Lazare. Jésus doit se
dégager lui-même de son placenta. Il est obligé de revivre
son détachement d'enfant enraciné dans l'utérus humain.
Il frémit et il pleure.
   Vous comprenez que les deux mutations de Lazare
et de Jésus sont parallèles. Il faut qu'il souffre ce que
Lazare a souffert pour comprendre ce qu'il y a encore
de narcissique en lui et qui le lie à ses amis dans la vie
de chaque jour. Il découvre combien il avait encore
besoin de ses amis, et dans un rugissement d'amour il
s'en sépare.

   G.S. : Le Christ a senti là qu'il pouvait être piégé
par les projections des gens sur lui, mais aussi

qu'il pouvait être piégé par ses propres projections sur ceux qui l'entouraient.

F.D. : C'est vrai. Le Christ se détache de ce qui reste en lui d'amour passionnel en tant que frère humain des hommes. Jésus renonce à lui-même. En se détachant de Lazare, autre lui-même, il le ressuscite, il l'éveille, il le fait exister. D'une certaine manière, le Christ devient le placenta qu'on abandonne, reste d'un fœtus devenu nourrisson nouvellement né à nouveau, langé dans ses bandelettes.

Jésus, en résonance à Lazare, se sépare de cette confusion fatale à un homme qui ne rencontrerait Dieu que dans un autre homme, qui confondrait son désir spirituel avec son désir et son amour mêlés pour un homme spirituel. Cette confusion a leurré chez Lazare son désir de Dieu.

G.S. : Comme si l'on confondait l'Évangile et celui qui présente les évangiles.

F.D. : A ce moment, Jésus, Fils de l'Homme, se détache de la confusion que nous faisons tous entre notre désir du spirituel et notre instinct de conservation.

De notre vivant, la vie nous paraît sacrée, mais le désir de sauver celle de notre corps peut nous faire oublier que la vraie vie n'est pas de ce monde — qu'au-delà du conditionnement de l'espace-temps croisé dans notre vie d'êtres de chair et d'émotions, l'esprit qui anime notre vie à travers nos mutations, de notre conception jusqu'à notre mort, est, tout étant accompli dans un ailleurs inconnu, appelé.

Au désert, le démon ne méritait pas d'être aimé, mais les objets qu'il proposait étaient séduisants pour tout homme. De cette tentation, Jésus est sorti vainqueur.

En revanche, Lazare et ses sœurs étaient pour lui aimables. Dans leur foyer, il pouvait se reposer fort humainement. Sa mission avance. De ce dernier havre de repos qui peut être pour tout homme d'action une tentation, il doit se séparer.

La façon dont le Christ accomplit cette séparation mutante pour lui en même temps que ressuscitante de vie nouvelle pour Lazare est proprement héroïque et préfigure le détachement suprême de sa passion.

Avec la résurrection de Lazare, Jésus est définitivement objet de scandale pour les Juifs. Ils cherchent dorénavant comment et quand le faire mourir.

Lazare sort du tombeau. L'Évangile ne mentionne aucun regard, aucun merci de Lazare ni de ses sœurs à Jésus.

Alors Jésus, l'homme, est bon pour la mort.

*Le parfum
de Béthanie*

Évangile selon saint Jean
Jn 11, 45-53

Alors beaucoup de Juifs, venus chez Marie, à la vue de ce qu'avait fait Jésus, crurent en lui, mais certains d'entre eux allèrent trouver les Pharisiens et leur racontèrent ce qu'avait fait Jésus. Les grands prêtres et les Pharisiens tinrent alors un conseil : Que faisons-nous? dirent-ils. Cet homme accomplit de nombreux signes? Si nous le laissons faire, tout le monde va croire en lui et les Romains viendront et détruiront notre pays et notre nation. »

L'un d'eux, Caïphe, grand prêtre cette année-là, leur dit : « Vous ne voyez pas! Vous ne comprenez pas qu'il est de votre intérêt qu'un seul homme meure pour tout le peuple et que toute la nation ne périsse pas. » Il ne dit pas cela de lui-même mais en sa qualité de grand prêtre cette année-là, il prophétisa que Jésus devait mourir pour tout le peuple, et non seulement pour tout le peuple mais aussi pour ramener à l'unité les enfants de Dieu qui étaient dispersés.

A partir de ce jour-là, ils décidèrent de le faire mourir.

Jn 12, 1-8

Six jours avant Pâques, Jésus vint à Béthanie où se trouvait Lazare qu'il avait ressuscité des morts. On lui fit un repas. Marthe servait et Lazare était l'un des convives.

Marie, prenant une livre de parfum, un nard liquide d'un grand prix, enduisit les pieds de Jésus et les essuya avec ses cheveux et la maison embauma de l'odeur de ce parfum.

Judas l'Iscariote, l'un de ses disciples, celui qui devait le trahir, dit alors : « Pourquoi n'avoir pas vendu ce parfum trois cents deniers qu'on aurait donnés aux pauvres ? » Il dit cela, non par souci des pauvres, mais parce qu'il était voleur et que, tenant la bourse, il faisait des détournements.

Jésus dit : « Laisse-la, qu'elle l'emploie en vue du jour de ma sépulture car, des pauvres, vous en aurez toujours parmi vous, mais moi, vous ne m'aurez pas toujours. »

G.S. : En sortant du tombeau, dites-vous, Lazare ne se retourne pas vers Jésus, ne lui exprime aucune gratitude. Lazare serait donc devenu autonome, et Jésus, par lui, laissé pour compte...

Pourtant, la suite du récit ne nous montre-t-elle pas le contraire? Dans ce passage des évangiles, nous voyons Jésus près de son ami, ils mangent ensemble. Et Lazare n'est-il pas retourné auprès de ses sœurs?

F.D. : Quand Lazare sort du tombeau, Jésus dit : « Laissez-le aller. » Lazare est changé, muté. Je le répète, Lazare n'est pas revenu à la rencontre de Jésus, il part avec ses bandelettes. C'est Jésus qui dit : « Déliez-le et laissez-le aller. » Lazare a le droit d'être autonome, et il en a aussi le désir et le pouvoir.

Jusque-là, il n'était homme que si l'homme Jésus était là pour lui dire qu'il était homme, pour se porter garant qu'il était homme. Depuis qu'il est sorti de la vie fœtale du tombeau, Lazare n'a plus besoin de l'homme Jésus pour exister : la parole du Christ criée d'une voix forte : « Lazare! Ici! Dehors! » le fait devenir homme et libéré de sa dépendance à Jésus. Dorénavant, il peut aimer Jésus en adulte qu'il est devenu.

On pourrait s'attendre, en effet, à ce que Lazare revivant aille à cet être qui l'attend, comme un nourrisson va dans les bras de sa mère qui l'attend. Jésus sort Lazare de son état de fœtus. Alors Lazare n'a plus besoin d'être porté par personne.

Il ne manque plus de rien, il a tout ce qu'il lui faut pour être un homme libre en société. Jésus avait dit : « Délivrez-le de ses enveloppes et laissez-le aller. »

G.S. : Quand vous dites : « Jésus est bon maintenant pour la mort », cela veut-il dire qu'il est complètement dénarcissisé et donc dépressif, qu'il se sent seul, bon à rien, sinon à mourir?

F.D. : On ne peut pas vivre sans narcissisme. Je dis que là, dans cette résurrection héroïque, Jésus s'est détaché de ce qui lui restait de narcissisme archaïque humain. Il met son narcissisme dans la parole de Dieu et non pas dans son être de chair. C'est sublimé dans sa mission à accomplir. Plus rien ne le retient à son passé.

Quand Jésus et Lazare se rencontrent pour ce repas de Béthanie, ils sont tous les deux changés. Lazare est un homme. Jésus est tout entier aux affaires de son Père.

> G.S. : Mais pourquoi veut-on tuer Jésus justement après cette résurrection?

> F.D. : Il n'est plus un humain comme les autres. C'est un marginal inquiétant.

> G.S. : Mais enfin, il y a eu d'autres résurrections avant celle-ci. Pourquoi est-ce justement après la résurrection de Lazare que l'on fomente sa mort?

> F.D. : C'est à cause de la « signification » plus profonde de cette résurrection, de la publicité faite autour d'elle et donc de la peur des gens en place de voir leur « clientèle » les quitter. « Si nous laissons faire, tous croiront en lui, disent-ils, et les Romains détruiront notre Temple et notre Nation. »

Jésus effraie, il est ressenti comme une menace : il renverse ce qui permet à cette société d'être soudée : les rites, le Temple, les grands prêtres, etc., et par là même, il détruit la culpabilité liée au rite, dette du corps à Dieu.

Quand quelqu'un magnifie à ce point le désir, il n'y a plus de place pour un sentiment de culpabilité. C'est la totale liberté. Comment alors, maintenir unie une société de gens qui seraient totalement libres, qui n'obéiraient plus aux grands prêtres?

Le christianisme, en s'organisant institutionnellement,

a recommencé à faire des « juifs », il a fabriqué à la chaîne des fidèles, aliénés à des personnes vivantes, qui représenteraient elles-mêmes le Phallus symbolique, l'Impossible, l'Autre, l'Ailleurs...

G.S. : Mais est-il possible qu'une société existe sans aliénation du désir?

F.D. : Si c'est une société avec une hiérarchie, c'est impossible. Quand la vie d'une société se fait par échanges entre pairs, c'est possible.

G.S. : Mais est-il possible qu'existe une société sans hiérarchie?

F.D. : Jusqu'à présent, cela n'a pas été possible à cause des « inter-transferts », des besoins de rechercher des valeurs de puissance et d'autorité imaginairement prêtées à certains plus « initiés » que soi — comme quand on était petit on recherchait des parents qui avaient alors du pouvoir sur nous, enfants, et qui savaient tout, et dans l'obéissance à qui, sous la dépendance de qui on trouvait un sentiment de sécurité.

En fait, je ne sais pas s'il est possible qu'une religion s'implante dans une société sans une hiérarchie, et surtout sans une combinaison des valeurs phalliques et des pulsions : initiateur-initié, jugement-soumission, etc., par rapport à un règlement, à des rites, etc. — ce qui implique le sentiment de culpabilité lié à des manquements dans la soumission, dans l'observance.

Ces scories inhérentes à la vie grégaire humaine et à la sécurité politique... sont étrangères à l'Évangile.

G.S. : Revenons à ce repas de Béthanie. Lazare est l'« un des convives ». Il reprend vie sociale, pourrait-on dire. Mais, en ce récit, ce qui étonne surtout, c'est ce qui se passe entre Marie, sœur de Lazare, et Jésus.

Marie « gaspille » un parfum très cher qui coûte trois cents deniers, le salaire annuel d'un ouvrier de cette époque! Quel luxe! Au jeune homme riche Jésus conseille de quitter ses richesses; ici, il est d'accord pour le faste superbe et le superflu.

F.D. : C'est à chacun de savoir, pour sa propre vie, ce qu'il en est du luxe ou du nécessaire, du « garder » ou du « lâcher ».

Mais Marie montre ici quelque chose du changement qui s'est effectué en elle depuis la résurrection de son frère. Elle, qui n'était que passive aux pieds de Jésus, la voici maintenant active. Jésus a ressuscité chez Marie la dynamique du désir qui va plus loin que la passivité. Elle est maintenant devenue une femme qui n'est pas seulement passive, elle peut agir pour un homme, elle donne tout ce qu'elle peut donner. Elle donne du plaisir et de l'esthétique olfactive. Elle qui le « buvait » des yeux et des oreilles, elle répand sur ses pieds un parfum de grand prix.

G.S. : Mais quelle est cette relation entre Marie et Jésus au cours de ce repas?

F.D. : C'est une démonstration d'amour éperdu et actif pour le Christ, mais tous peuvent aussi jouir du parfum répandu.

G.S. : Il y a deux récits de parfum répandu sur le Christ. Celui de Jean dont nous parlons et celui de Luc (7,36-50).

F.D. : Ce qui n'est pas inintéressant, car nous avons ainsi représenté dans les évangiles deux femmes : chez Jean, Marie est la sœur de Lazare. Chez l'autre évangéliste, Marie n'est pas la sœur de Lazare, elle est une femme aux mœurs légères.

Auparavant, dans leur mode d'amour, ces femmes « prenaient » seulement. Maintenant, elles donnent, et en public, au vu et au su de tous, elles déclarent, par leur geste, leur amour.

Les évangiles ont gardé ces deux récits exemplaires de deux femmes qui aiment Jésus et le manifestent de la même manière. Quand une femme aime un homme, elle donne, elle se donne, elle s'oublie, qu'elle soit une femme honnête ou une prostituée. En aimant de tout son être un homme, une femme ne rompt-elle pas les cadres de ces catégories?

Ces deux femmes expriment donc leur amour. Jésus reçoit l'hommage de leur sensibilité de femmes qui donnent et se risquent, par amour, à la critique des autres.

G.S. : Mais pourquoi dit-il au sujet de la sœur de Lazare : « Elle fait cela en vue de ma sépulture »?

F.D. : Justement, par ces mots, Jésus opère une rupture entre lui et Marie. Elle érotise son hommage; Jésus répond qu'il est ailleurs, mais il justifie ce geste d'amour.

Peut-être sans s'en rendre compte elle-même, Marie lui

révèle-t-elle sa mort prochaine. La mort, qui, en tout
homme, soulève l'horreur future de la nauséabonde putréfaction de son corps. Marthe n'avait-elle pas dit de Lazare,
et Marie entendu : « Il sent déjà »? Entre Marie et Jésus, il
y a peut-être une perception prémonitoire commune de
sa mort. Lazare et sa mort sont encore en filigrane pré-
sents. Moment mutant, tant pour Marie que pour le
Christ.

De même que Marie, sa mère, lui avait révélé, à Cana,
son heure publique, il est possible que Marie de Béthanie,
par son parfum, lui ait révélé, par son amour et son
intuition, son heure venue de mourir.

Ici, Jésus est ému de compassion pour cette femme
comme pour tous ceux qui l'aiment et qu'il doit quitter.
Ainsi, de sa mort physique assumée volontairement, avec
pudeur et tendresse, il les avertit publiquement.

Parabole
du Samaritain

Évangile selon saint Luc
Lc 10, 25-37

Un docteur légiste se leva et, pour l'embarrasser, lui dit : « Que dois-je faire, Maître, pour avoir la Vie éternelle? »

Jésus répondit : « Qu'est-il écrit dans la loi? Qu'y lis-tu? »

Il répondit : « Tu aimeras le Seigneur ton Dieu de tout ton cœur, de toute ton âme, de toutes tes forces et de tout ton esprit; et ton prochain comme toi-même. »

Jésus lui dit : « Tu as bien répondu. Fais cela, et tu auras la Vie. »

Mais lui, voulant se justifier, dit à Jésus : « Et qui est mon prochain? »

Jésus lui dit : « Un homme descendait de Jérusalem à Jéricho. Il tomba entre les mains de brigands qui le dépouillèrent, le battirent et s'en allèrent le laissant à demi mort.

« Voici un prêtre qui passait par là, il vit cet homme et prit l'autre côté de la route. De même un lévite qui arrivait près de là, il vit l'homme et passa. Mais, un Samaritain en voyage vint à passer près de cet homme, il le

*vit et fut touché de compassion. S'étant approché, il versa
de l'huile et du vin sur ses plaies et les banda. Puis il le
mit sur sa propre monture et l'emmena dans une auberge
où il prit soin de lui.*

*« Le lendemain il sortit deux deniers et les donna à
l'aubergiste en lui disant : " Prends soin de cet homme,
et tout ce que tu dépenseras de plus, je te le rendrai à
mon retour. "*

*« A ton avis, lequel des trois s'est montré le prochain
de l'homme tombé entre les mains des voleurs? »*

*Le docteur légiste répondit : « C'est celui qui a prati-
qué la miséricorde envers lui. »*

Jésus lui dit : « Va et fais de même. »

F.D. : Voilà une parabole qui m'a frappée! Quand j'étais
enfant, je l'entendais pendant les vacances... Je l'écoutais
éblouie. Puis Monsieur le curé montait en chaire pour
son sermon. Sa prédication donnait à peu près ceci :
« Mes bien chers frères, Jésus nous demande d'aimer
notre prochain, de nous occuper de toutes les détresses,
de donner de notre temps, de notre vie pour les malheu-
reux. Ne soyons pas égoïstes, tels ce prêtre et ce lévite
qui voient et passent outre. »

G.S. : Et vous n'étiez pas d'accord avec cette expli-
cation?

F.D. : Ce curé disait l'inverse de ce que je venais d'entendre du texte évangélique. Il massacrait cette parabole!

Premièrement, le Christ ne blâme ni le prêtre ni le lévite. Il raconte des faits. Il ne juge pas. Faisons de même!

> G.S. : Jésus répond à deux questions. La première : que faire pour avoir son « nom inscrit dans les cieux »? Et la seconde : « Qui est mon prochain? »

F.D. : Jésus y répond en racontant une parabole. Sur la route de Jérusalem à Jéricho, voilà un homme attaqué par une bande. Il est dépouillé et laissé à demi mort. Arrive un prêtre puis un lévite, tous deux hommes de Dieu pour les juifs. Ils le voient mais s'en écartent prudemment.

Un Samaritain passe par là, il est en voyage. Il se promène tout seul, peut-être sifflote-t-il, assis sur sa monture.

Puisque tout à l'heure il va mettre le moribond justement sur « sa propre monture », on peut penser qu'il s'agit d'un négociant qui emmène avec lui un âne ou un mulet pour porter ses marchandises tandis qu'il en monte un second. J'invente peut-être, mais je vois les choses de cette manière.

C'est un Samaritain... Ce n'est pas un intellectuel de gauche pour son époque. Ce n'est pas un « pilier de synagogue ». Il fait partie de ces gens qui n'ont pas de quoi se vanter : pas d'église, peu de vertus. Ils sont très près de la nature, ils ne sont pas des hommes « spirituels ». Il est comme il est!

Un homme « matériel », pratique... un commerçant sans doute!

Il voit l'homme abandonné sur le bord de la route. Il

s'approche. Il a vu, car il avait l'esprit en alerte : comme tout voyageur de l'époque, il se savait menacé par des truands. Sur le bord de la route, en cet homme allongé et blessé, il se reconnaît. Il aurait pu être celui-là. Il le sera peut-être au prochain voyage.

G.S. : Le prêtre, le lévite ne pouvaient donc pas se reconnaître en cet homme matraqué?

F.D. : Bien sûr que non. On n'attaquait pas ces hommes du Temple pour les détrousser.

Et sans doute que ce Samaritain avait un peu de temps et aussi beaucoup de force de caractère pour aller vers cet homme mis à mal. Il le soigne avec ce qu'il a sous la main : il aseptise avec du vin, il masse avec de l'huile. Il le hisse sur sa monture pour le déposer à la première auberge, où il passe, sans doute, aussi la nuit. Le lendemain, il laisse un peu d'argent à l'aubergiste disant qu'il repassera et paiera l'éventuel surplus.

Il a vu, il a secouru, il a mis ce blessé de la vie entre bonnes mains et il continue son chemin. Il vaque maintenant à ses affaires personnelles. Il s'en va. Jésus ne dit même pas qu'il salue l'homme qu'il a sauvé!

Il a « perdu » ou « donné » un peu de son temps en mettant cet homme sur sa propre monture, ce qui signifie symboliquement qu'il le prend en charge corporellement : il le porte, il le materne. Il le paterne aussi, puisqu'il donne de l'argent, ce qui va permettre au blessé de se remettre à flot.

G.S. : Jésus demande : « Qui s'est comporté comme le prochain de cet homme déshumanisé, réduit à

l'impuissance corporelle et sociale, et qui, laissé
dans l'état où il était, serait mort sans phrase? »

F.D. : Le légiste de répondre : « Le Samaritain, celui qui
a pratiqué la miséricorde envers lui. » « Va et fais de
même », ajoute Jésus.

G.S. : C'est-à-dire qu'il faut faire miséricorde, se
dévouer, s'occuper des autres comme l'a fait ce
Samaritain et comme le disait plus haut votre
curé!

F.D. : Ici le Christ ne dit rien de cela.
Qui est le prochain? C'est le Samaritain pour ce pauvre
homme battu, volé, dépouillé. C'est le Samaritain qui
s'est comporté comme son prochain. Le Christ demande
donc au blessé de la route d'aimer ce Samaritain sauveur
et de l'aimer comme lui-même.
C'est à celui qui a été sauvé que Jésus enseigne
l'amour. Toute sa vie il aimera l'homme dont il a reçu
attention, assistance et secours matériels, celui sans qui il
serait mort. Jamais il ne devra oublier cet homme qui l'a
remis en selle.

G.S. : Finalement, le Christ demande de reconnaître toujours une dette vis-à-vis de l'autre, vis-
à-vis des « samaritains » de notre vie?

F.D. : Toute notre vie, d'après le Christ, nous avons à
reconnaître une dette vis-à-vis de qui nous a épaulés dans
un moment où, seuls, nous n'aurions pas pu continuer
notre chemin. Que nous le connaissions ou pas, nous

sommes en dette vis-à-vis de qui nous secourt dans nos
moments de détresse.

> G.S. : Nous voilà ainsi éternellement débiteurs,
> dépendants, esclaves, disons le mot, de qui nous a
> été de quelque utilité.

F.D. : Non, ni esclaves ni dépendants, librement aimants
par gratitude. Le modèle « samaritain » de cet évangile
laisse l'autre libre. Il se retire de notre chemin et continue le sien. Cette dette d'amour, de reconnaissance que
nous avons envers le connu ou l'inconnu qui nous a
aidé, nous ne pouvons la régler qu'en faisant de même
avec d'autres.

> G.S. : Ainsi les autres à qui nous ferons du bien,
> que nous dépannerons, nous serviront à régler une
> dette et à nous donner bonne conscience!

F.D. : Quand tu es « samaritain », dit le Christ, tu dois
ignorer et la dette et la reconnaissance.

C'est désintéressé, quand celui qui a accompli un geste
généreux n'en a plus aucun souvenir. Il n'a pas à en chasser le souvenir. C'est accompli.

C'est un acte de sublimation génitale. C'est comme la
mère qui accouche. C'est un acte d'amour. C'est donné.
C'est comme dans un coït d'amour, c'est donné.

Mais qui s'en souviendra? L'enfant. Il est en dette
d'une vie, en dette de refaire la même chose avec ses
enfants ou ses compagnons de vie. Mais non par
« devoir », non par « justice ». C'est un courant d'amour.
S'il est stoppé c'est la mort.

Combien de fois n'entend-on pas des gens convaincus d'avoir été charitables ou d'avoir donné, reprocher ensuite aux autres de manquer de reconnaissance : « Quand je pense à tous les sacrifices que j'ai faits pour toi..., maintenant tu me laisses..., tu vas dans un autre pays..., tu épouses la fille dont je ne veux pas... », « Quand je pense à tout ce que j'ai fait pour cet homme, et maintenant il m'abandonne. »

Ce n'est pas au « samaritain » que la reconnaissance est directement manifestée. On pense à ce qu'il a fait pour nous, et on agira de même avec un autre.

Si celui qui a été « charitable » garde en lui une exigence vis-à-vis de celui qu'il a un jour aidé, s'il en attend de la reconnaissance, il prouve qu'il cherchait à acheter quelqu'un et qu'il n'était donc pas « samaritain ».

G.S. : Mais aujourd'hui, qui est notre prochain?

F.D. : Notre prochain, c'est tous ceux qui, à l'occasion du destin, se sont trouvés là quand nous avions besoin d'aide, et nous l'ont donnée, sans que nous l'ayons demandée, et qui nous ont secourus sans même en garder le souvenir. Ils nous ont donné de leur plus-value de vitalité. Ils nous ont pris en charge un temps, en un lieu où leur destin croisait notre chemin.

Notre prochain, c'est le « toi » sans lequel il n'y aurait plus en nous de « moi », dans un moment où, dépouillés de ressources physiques ou morales, nous ne pouvons plus nous paterner ni nous materner nous-mêmes, nous ne pouvions plus nous assister, nous assumer, nous soutenir ou nous diriger.

Tous ceux qui, comme des frères et de façon désintéressée, nous ont pris sous leur responsabilité, jusqu'à la réfection de nos forces, puis nous ont laissés
libres d'aller notre chemin, ont été notre « prochain ».

G.S. : Ainsi, notre prochain c'est, non l'homme de
bonnes paroles, mais l'homme efficace en actes aux
moments de détresse? C'est l'homme simple, « matériel »? C'est l'homme compatissant, anonyme, qui
nous a sauvés du désastre?

F.D. : Oui. Le Christ, qui nous raconte cette parabole
pour nous enseigner qui est notre prochain, nous indique
que ce prochain est notre complémentaire au moment
où notre solitude, notre inconsciente détresse, notre
inconscient dénuement, seraient, sans lui, impuissance
à survivre.

G.S. : Le prochain, le « samaritain » est un homme,
dites-vous. On peut considérer aujourd'hui qu'il
se montre prochain par l'intermédiaire d'un orga-
nisme », d'un syndicat, d'un parti, d'un « Secours
catholique », d'un groupement de consommateurs,
de parents d'élèves, de conseillers conjugaux,
d'Amnesty International...

F.D. : Tout à fait, c'est l'anonyme sauveteur.

G.S. : Maintenant c'est plus difficile de vivre cette
« aventure » du Samaritain : il y a la police pour les
bandits, il y a Police-secours pour les blessés. Bien
des corps constitués ont pris le relais : médecins,

psychologues, avocats, politiciens, etc., et me rendent inutile, irresponsable de ce qui arrive à l'autre et... à moi. Je n'ai plus à m'occuper des gisants de la société. Il y a des gens qui sont payés pour cela.

F.D. : C'est vrai, de nos jours, quand un blessé est étendu sur la route, il y a Police-secours. Mais il y a toujours place pour la charité; elle devient alors plus dangereuse.

En effet, celui qui porte secours prend de sérieux risques! Il devra prouver que ce n'est pas lui qui a provoqué l'accident. Il lui faudra du temps, de la force et même plus que cela : en effet, le blessé reconnaissant en lui la première personne qu'il a vue peut affirmer, en toute bonne foi, que son sauveur est son agresseur.

Dans les lois humaines, il faut un responsable : *a priori* si quelqu'un s'occupe d'un blessé, c'est qu'il y est pour quelque chose. C'est louche.

De même pour les auto-stoppeurs dont on est responsable si on les prend dans sa voiture!

Les humains ont construit des lois qui sont à l'opposé de l'attitude charitable. Ils culpabilisent la charité.

G.S. : Vous seriez d'accord pour qu'il y ait moins d'institutions, moins d'organisations payées?

F. D. : Non. Je crois que, par la contagion de son éthique, la religion chrétienne a permis la création de lois d'assistance. Cette organisation sociale est née d'une sentiment de charité, mais maintenant tous les préposés à ces institutions sont payés, leur travail est devenu anonyme et la cordialité qui se manifeste entre le Samaritain et l'homme volé a généralement disparu entre le représentant du corps constitué et celui qui est assisté.

G.S. : C'est donc important d'être « ému de compassion » comme le Samaritain ?

F.D. : C'est cette émotion de compassion qui fait la communication interpsychique entre les hommes. Il y a l'assistance au corps qui requiert de la compétence et qui est payée, et il y a l'émotion qui rend humain. Quand celle-ci vient à manquer c'est parce que le service devient institution, ou parce que la rencontre n'est pas unique, insolite comme dans la parabole, mais devient une habitude, un « travail alimentaire » ou un métier passionnant. L'assisté, alors, n'est plus qu'un objet. Il n'y a plus de relation humaine.

G.S. : Revenons au texte de la parabole.
Une fois le blessé de la route remis à l'aubergiste, le Samaritain paie donc pour lui. Il promet de repasser par l'auberge, il versera un supplément si c'est nécessaire. Est-ce une amitié qui est en train de naître ?

F.D. : Pas du tout. Je me représente ce Samaritain, comme je l'ai dit, comme un homme d'action à l'esprit positif. Il a vu l'homme blessé comme un autre lui-même et l'a secouru matériellement. Mais il n'aimera pas pour autant toute sa vie l'homme qu'il a secouru. Au bout d'un kilomètre, il a oublié le blessé. Il y pensera sans doute à son retour pour régler l'addition, il en demandera des nouvelles, pui. il l'oubliera tout à fait.

Mais celui qui a été secouru, lui, ne devra jamais oublier son sauveur, connu ou inconnu de lui. C'est un commandement tout aussi important que celui d'aimer Dieu de tout son cœur, de tout son être.

> G.S. : Cette parabole apporte donc un point de vue autre sur les relations des gens entre eux : la reconnaissance, la gratitude vis-à-vis d'inconnus.

F.D. : Il y a plus que cela. Il me semble que cette parabole apporte deux lumières sur notre manière de vivre.

— D'abord celle de l'amour à vie pour celui qui nous a sauvé alors que nous étions démuni de tout, en état de détresse, abandonné de tous et de nous-même. C'est là la nouveauté de la parabole.

— Ensuite, un exemple de conduite, de façon d'agir. Quand tu as, comme ce Samaritain, un peu de temps et la possibilité matérielle, ne tourne pas le dos à qui tu vois dans la peine.

Quand tu n'es pas occupé à autre chose et que tu as un surplus de vitalité, donne à celui qui, sur ton chemin, est dans le besoin, si tu le peux. Mais n'en fais pas davantage. Ne te détourne pas de ton travail. Ne te détourne pas de ton chemin.

Ne sois pas retenu par celui que tu as sauvé.

Ne sois pas lié par la reconnaissance à manifester à celui qui t'a secouru, mais fais comme il a fait.

Ne sois pas arrêté par le souvenir de celui que tu as pu secourir. Souviens-toi que ta survivance, toi aussi, tu la dois à un autre; aime cet autre en ton cœur, et, quand l'occasion s'en présentera, fais pour un autre comme il a fait pour toi.

Cet étranger, ce Samaritain, a agi en tant que frère d'humanité, anonyme, sans distinction d'origine, de race, de religion ni de classe. Que celui qui s'est ressourcé grâce à lui et s'est réinséré dans la vie sociale à partir de son geste généreux, fasse de même.

C'est cela, me semble-t-il, la charité que le Christ a voulu apporter en sa Nouvelle Alliance.

> G.S. : Le Christ nous donne donc quand même en exemple ce Samaritain : nous avons à nous occuper des autres, à donner de notre vie, de notre temps pour les « malheureux », comme le disait votre curé!

F.D. : La pointe de la parabole c'est d'aimer celui qui a été proche de nous quand nous étions à terre. Ce n'est pas de donner de notre vie, de notre temps, mais de secourir un être humain sans que cela ne nous dérange en rien de nos activités. Rien à perdre, rien à gagner. Et si quelqu'un, un jour, nous a sortis d'un chagrin, d'une dépression, souvenons-nous-en toute notre vie.

> G.S. : Tout à l'heure vous parliez de s'occuper des autres « d'une façon désintéressée ». Croyez-vous, psychanalyste, qu'existent l'oubli de soi, le don gratuit, le détachement?

F.D. : Le désintéressement n'existe pas chez l'être humain. Même dans l'amour des parents, on ne trouve pas le gratuit : ils ne soignent leurs enfants que pour ne pas mourir, eux, parents. Les enfants sont le signe pour eux de moins mourir quand ils mourront. Aimer ses enfants c'est lutter contre sa mort.

Les enfants peuvent partir, ne plus aimer leurs parents...
Ce qui compte, c'est qu'ayant tellement profité de
l'exemple qui leur a été donné, ces enfants aiment à leur
tour, devenus parents, leurs enfants, même si, à leur
tour, ces enfants, vis-à-vis d'eux, sont ingrats.

Il n'a jamais été dit dans la Bible d'aimer ses parents.
Il y est dit de les honorer [1], de leur donner de quoi vivre
dans le dénuement de leur vieillesse.

Qu'il y ait des relations inter-humaines entre parents
et enfants comme entre d'autres êtres avec lesquels on a
des affinités, très bien. Mais, il n'a jamais été dit nulle
part d'aimer ses parents.

On aime le prochain mais il y a des parents qui ne sont
pas le prochain de leurs enfants.

> G.E. : Là, vous touchez une fibre sensible. On a
> tellement l'habitude d'imaginer l'amour des parents
> généreux, bénévole...

F.D. : Le gratuit n'existe pas... sinon pour certaines
âmes pieuses ou militantes qui se leurrent.

Manger et boire entraînent uriner et déféquer. C'est
la loi. On prend toujours. On paie toujours!

Il y a toujours un échange. Il y a toujours quelque
chose qui est pris contre autre chose qui est échangé.

On peut en effet douter du désintéressement du Samaritain. Il s'est identifié à l'homme blessé et dépouillé. Or,
on n'est pas désintéressé de se voir sous forme de gue-
nille.

C'est toujours ainsi que l'on entre en contact avec

1. Ex 20, 12. Mc 7, 10-12.

l'autre : on rencontre soi chez l'autre qui devient notre
miroir. C'est à soi-même, narcissiquement projeté, que
l'on porte secours. Voilà ce qu'on appelle être désintéressé.

> G.S. : Mais enfin il existe des parents qui, au prix
> de leur vie, sauvent leur enfant.

F.D. : Bien sûr, les parents sains moralement, comme les
animaux nourriciers, iraient au feu pour sauver leurs
petits. C'est la loi de la vie des mammifères que nous
sommes aussi. Et les gens qui ne sont pas pervers donnent
cette assistance quand il s'agit de leurs propres enfants.
Ils les sauvent comme ils peuvent du plus grand danger
visible et les confient dès que possible au médecin, à
l'éducateur plus expert qu'eux.

Même là, il y a projection : c'est réaliser son idéal de
mère que de donner sa vie pour son enfant! En sauvant
mon enfant, je me sauve aussi en tant que mère.

Pour que nous nous projetions dans un autre, il faut
qu'en quelque chose, nous le sentions ou l'imaginions
pareil à nous. Mais il ne s'agit pas de se confondre avec
l'autre : il a son identité. L'identification donc n'est pas
totalement désintéressée puisqu'on se projette et que
c'est, pour une part, à soi-même que l'on fait du bien
dans l'autre. C'est en ce sens que le Samaritain est
« touché de compassion » pour l'autre... pour lui...

> G.S. : Mais le Christ ne nous dit pas de nous faire
> du bien dans l'autre, il ne nous dit pas de nous ser-
> vir de l'autre pour nous aimer nous-mêmes! Il dit
> que c'est lui que l'on rencontre chez l'autre : « Tout

ce que vous ferez au plus petit, c'est à moi que vous le ferez. » Ce n'est pas nous que nous trouvons!

F.D. : C'est lui! Il ne nous interdit pas l'identification, puisqu'il nous dit : « Aime ton prochain comme toi-même. » Mais comment pouvons-nous nous aimer alors que si souvent nous nous détestons et que nous projetons ce que nous détestons dans les autres? C'est ce qu'ont sans doute fait le prêtre et le lévite.

C'est parce que lui nous aime que nous pouvons nous aimer : par son enseignement, il répare ce que nous avons gardé du souvenir de ce que nos parents n'ont pas aimé en nous, leurs enfants.

Si nous ne faisons pas d'actes généreux parce que nous n'avons pas été éduqués par l'exemple de nos parents à en accomplir, parce que nous n'avons pas été entraînés à avoir cette projection d'amour sur l'autre, Jésus a voulu que nous sachions que c'est à lui que nous le faisons dans l'autre moins nanti que nous. Ainsi, il rétablit ceux qui ont eu des parents mal vivants, mal aimants, qui n'ont pas pu ou su les élever, car ils ne faisaient que se projeter en eux, sans pouvoir reconnaître en eux des personnes libres à leur égard.

G.S. : Mais alors, d'après vous, si le lévite et le prêtre avaient supposé que cet homme blessé était soit un autre lévite, soit le fils d'un prêtre de la synagogue, ils ne se seraient pas détournés du moribond?

F.D. : Ils lui auraient porté secours avec empressement. Mais en fait, à qui auraient-ils porté secours? A l'un des leurs, à quelqu'un de semblable à eux quant aux titres et quant à certaines valeurs. Ils auraient soigné une victime privilégiée, un homme de leur rang. L'identification et la projection eussent été possibles.

Le Christ a choisi de citer le Samaritain parce que c'était un homme sans titre, un étranger, un hérétique. Il n'a pas grand-chose à perdre de sa réputation en frayant avec un homme quelconque! Libre du qu'en dira-t-on, il ne considère pas les qualités du blessé mais seulement le fait que c'est un être humain, un spécimen de notre espèce, un inconnu anonyme.

C'est l'exemple de quelqu'un qui n'est pas empêtré de principes ni de suffisance, ne pense pas plus loin que le bout de son nez, qui fait cela naturellement.

Je souligne en passant cette force puisée dans le détachement de sa propre réputation qui est naturelle à ce Samaritain et qui est difficile à atteindre.

> G.S. : Finalement, le Christ nous dit de nous soucier des autres dans la mesure où cette aide ne nous dérange pas, ne nous fait pas quitter notre place, nos occupations. Si on se force, on finit par se casser ou se pavaner?

F.D. : Pas « dans la mesure »...! Ce Samaritain ne s'est pas détourné de son chemin d'un iota, sa naïve présence agit sans philosophie à la clé, sans bonne conscience à la clé. Il y a un fait, il s'en approche sans artifice, spontanément.

Le Christ nous enseigne d'être aussi « nature », sincère, aussi peu jaloux de notre bonne action, aussi peu conscient de notre charité que l'a été le Samaritain, avec un détachement qui prouve une disponibilité permanente. Sans prouesse ni glorieux fait d'armes! Il n'en rajoute pas, il est, à la limite, radin. Il fait juste ce qu'il faut. Son agir est efficace.

G.S. : Dans la même ligne, le Christ ne blâme ni le prêtre ni le lévite qui se sont détournés.

F.D. : S'ils font un détour, s'ils évitent de s'approcher de trop près de cet homme qu'ils ont aperçu, c'est peut-être qu'ils n'avaient ni temps ni attention disponibles. C'est peut-être aussi la preuve d'une très grande fragilité de leur personnalité : ils étaient en fait incapables de rendre service au blessé. Ils ont fait ce qu'ils avaient à faire, de leur place à eux. Jésus ne les blâme ni ne les stigmatise.

Il faut savoir s'éprouver! Si nous sommes incapables de rendre service, soyons réalistes pour ne pas le faire, nous le ferions mal.

Si nous devenons assez libres et assez forts, alors nous pourrons aider, sans nous détourner de notre chemin propre.

L'important ici, c'est que le Samaritain, après son acte, n'est parti en rien diminué, en rien augmenté.

G.S. : Ni intérêt ni générosité dans cette histoire; le Samaritain agit selon la nature des choses?

F.D. : Dans ce sens, on pourrait continuer cette parabole de façon amusante en disant : « Bien sûr, ce Samaritain est un commerçant, il remet donc sur pied un futur client! Le lévite et le prêtre, qu'ont-ils à faire d'un homme nu? d'un hors-la-loi peut-être? Ce n'est pas eux qui lui vendront des vêtements... Ce n'est pas lui qui leur donnera des lumières sur les Écritures. »

N'existent pas dans cette histoire l'aspect désintéressé ni la « vertu bénévole » qu'on voudrait y voir.

On peut même imaginer, pourquoi pas? La rencontre sur la place du marché du Samaritain commerçant et de son protégé rétabli. « Ah... c'est bien toi qui étais sur la route? Eh bien qu'est-ce que tu m'achètes aujourd'hui? » C'est-à-dire qu'il a vraiment contribué à récupérer un être humain pour la vie des échanges, car, lui, il est resté dans la vie des échanges.

Le Christ nous le donne en exemple parce que c'est un homme qui vit sur le plan des échanges matériels et qui, grâce à cela, est capable aussi de considérer que le corps humain, en tant que tel, indépendamment de ses titres, de sa valeur connue, morale ou sociale, de sa race, est un être de valeur puisque c'est un être d'échanges possibles.

Cela fait partie d'une manière de voir l'humanité dans la vie de relations où toute relation, si matérielle soit-elle, est l'image d'une autre relation, d'une autre alliance annoncée par Jésus : celle de la charité coexistante et présente, quoique invisible, à toute rencontre humaine juste — c'est-à-dire lorsqu'un homme libre se comporte vis-à-vis d'un autre de façon à le rendre encore plus libre.

L'amour vrai ne crée aucune dépendance, aucune allégeance.

G.S. : C'est un commerce : donnant-donnant?

F.D. : C'est un commerce entre personnes physiques dans lequel il n'y a aucun bénéfice matériel. Cela semble être un don, mais en fait c'est un commerce.

G.S. : C'est donc un commerce ou plutôt un troc :
je te donne, tu me donnes. Mais de cet échange
jaillit autre chose?

F.D. : Je t'ai donné et tu ne m'as rien rendu. Je n'en ai
pas eu de bénéfice. Mais toi, tu as eu le bénéfice de
savoir que tu es aimé, que tu as été aimé et que tu
aimes. Alors jaillit un lien nouveau de nouvelle alliance,
une « alliance » d'amour entre les êtres sans bénéfice
commercial.

Le Samaritain a donné sans rien recevoir en retour
et le blessé pourra en faire autant avec d'autres.

« Va et fais de même », dit Jésus. « Aime ton prochain
comme toi-même », c'est-à-dire : « N'oublie jamais cette
plus-value de vitalité dont ton prochain t'a fait don,
sans s'appauvrir lui-même. En passant, il t'a permis de
reprendre, debout, ton chemin. »

G.S. : L'accomplissement de soi par une plus-value
qui a débordé du prochain, qui a agi et rayonné
sur ceux qui sont dans le dénuement, c'est le rapport
pur de tout commerce, même si le prochain, comme
on l'a dit, s'est projeté dans la personne démunie,
notre psychisme ne nous permettant pas de rencontrer l'autre autrement.

F.D. : Rayonner sans être appauvri, c'est le don juste
dont sont capables seulement les êtres qui ont le cœur
libre et ouvert.

C'est aussi une métaphore, dans la vie adulte, de
l'amour chaste et secourable des parents pour les petits
d'hommes alors que ceux-ci sont dans leur naturelle
impuissance corporelle.

G.S. : Vous conviendrez que beaucoup de parents
se sacrifient pour leurs enfants et que leur vie de
parents n'est pas facile. Combien de parents, combien, ont dû peiner pour donner à l'autre du mieux-
être?

F.D. : S'ils sont vraiment parents, ils agissent ainsi sans
parader, sans même avoir le sentiment qu'ils font un
sacrifice : ils ne peuvent vraiment pas faire autrement!

Leur attitude serait pervertie si, ayant accompli leur
désir de parents, ils demandaient à leurs enfants d'avoir
de la reconnaissance. Les parents ont donné l'exemple;
aux enfants, devenus parents, de faire de même à l'égard
de leurs enfants.

G.S. : En résumé, ne pourrait-on pas dire : dans les
rencontres que nous avons, notre centre est dans
l'autre? Plus l'autre est notre cœur, plus juste sera
notre échange?

F.D. : On pourrait dire aussi : « Notre âme, c'est l'autre. »
Chacun pris individuellement ne peut rien connaître de
son âme. Jamais nous ne saurons si nous avons une âme.
L'âme que nous sentons confusément, le vibrant point
focal ultime de notre supposée identité, bref, l'âme que
nous « avons », est dans l'autre. Sinon il n'y aurait même
pas de parole ni de communication.

Si la participation mystérieuse à l'être à laquelle « je »
prétends n'était pas venue d'un autre — père, mère, pour
commencer —, puis entretenue et reconduite par des
compagnons de route, je ne participerais plus à l'être.

G.S. : Vous voulez dire que si « je » suis muré en
moi, si « je » n'essaie de coïncider qu'avec moi-

même, « je » perds l'être, « je » dessèche dans la suffisance ?

F.D. : Chacun veut sauver sa petite âme, son petit avoir, alors que ce que nous avons c'est l'autre. « Qui veut sauver son âme, la perdra, a dit le Christ, et qui la perdra, la sauvera. »

Alors pourquoi parler d'âme à sauver ? Mots insensés, étrangers au message de la Nouvelle Alliance et étrangers à la psychologie la plus élémentaire.

Cette manie de sauver son âme a correspondu à un moment de l'Église où elle fut, pourrait-on dire, condamnée par la philosophie d'une époque. Celle où le philosophe disait : « Je pense donc je suis. » Autre parole insensée et morte !

En effet, je ne peux penser qu'avec les mots d'autrui. Dans le temps et dans l'espace, il y a la rencontre d'un être vivant et des paroles reçues des autres qu'il assemble et répète pour lui-même. Mais de qui a-t-il pris son existence, de qui a-t-il appris à vivre ? Face à qui dit-il « je » ? Où est « je » qui pense ?

On devrait dire : « Ça pense et moi l'exprime. » Si je te sais m'entendre, je me sais parlant. Sans toi je n'ai pas d'existence. Mais l'existence n'est pas tout de l'être, l'existence n'en est qu'un phénomène perceptible.

L'existence d'un homme n'est-elle pas l'ombre de l'Être ? Et ce que nous appelons notre âme n'est-ce pas notre lumineux et invisible fétiche identitaire ?

G.S. : Tout ceci revient à dire aussi que l'autre qui nous reconnaît frère d'humanité est notre miroir humanisant...

F.D. : Oui, et c'est vrai, mais il en a toujours été ainsi. Tous les échanges entre les humains sont fondés sur ce processus interrelationnel que vous nommez miroir. La psychanalyse, avec Freud qui l'a découvert comme essentiel à la structure psychique, en a éclairé les effets dans l'inconscient, et Lacan a renouvelé l'intelligence que nous pouvons avoir de ce processus majeur dans le développement de l'être humain à la quête de son identité, mais aussi toujours en dette à l'autre, source et occasion de sa culpabilité subie ou déniée, car son image est altérée ou déformée, inadmissible telle que l'autre, son miroir menteur, la lui renvoie. Et s'il s'y perçoit désirable, c'est de désespoir ou d'ivresse qu'il en périt, tel Narcisse dans une stérile étreinte jouissive et mortifère à la fois.

G.S. : Et pourtant, c'est dans le miroir que l'autre est pour nous que nous prenons sens de notre existence. Et le Samaritain pas plus qu'un autre n'y échappe. Il se reconnaît dans le voyageur mis à mal, c'est pour cela qu'il le réconforte.

F.D. : Sans doute, sans doute, mais il n'en attend rien. Il est libre de tout préjugé intellectuel, moral ou social... Alors l'autre peut s'y retrouver... et rester libre après cet acte de compassion sans lequel il serait mort. Cette histoire, pourtant si simple, n'est pas du tout banale.

Reprenons, si vous le voulez bien, tout ce dont le miroir dans autrui est responsable dans notre développement et nos échanges, nos processus de communication.

L'enfant qui se mire dans ses aînés est suscité à se développer à leur image. Il construit son identité progressivement par des identifications successives. Caïn et

Abel, déjà, c'est une histoire de miroir, mais laissons cela, ce n'est pas notre propos. Se mirant dans ses parents, après qu'il s'est découvert sexué, l'enfant brigue de jouer le rôle de l'adulte de son sexe qu'il aime vis-à-vis de l'adulte de l'autre sexe aimé de lui. Ainsi apparaît entre l'enfant et ses parents le conflit qu'en psychanalyse on nomme, depuis Freud, le complexe d'Œdipe et sa crise résolutoire du fait de l'angoisse liée à la rivalité meurtrière dont l'enfant se croit menacé dans son désir incestueux. En renonçant à ce désir incestueux, il découvre la richesse des liens chastes d'aimance et de soutien avec ceux de sa parenté. L'identité s'affirme par l'abandon du miroir magique des identifications stérilisantes à la vie et au désir des autres. Il entre dans le système des échanges.

L'enfant qui, dans la douleur, a rompu avec sa pensée magique qui le faisait s'imaginer participant de la supposée toute-puissance du géniteur de son sexe (qu'il suffisait d'écarter pour jouir de ses prérogatives auprès de son géniteur de l'autre sexe qui, l'aimant, ne pouvait donc que le désirer) choirait dans la déréliction si l'existence de la loi de la prohibition de l'inceste pour tous ne venait à son secours. Elle lui révèle en effet que père et mère, humains de toutes races, étaient comme lui — à la différence des animaux — soumis à cette loi universelle. Quittant alors ses rêves d'enfance, accueilli par la société, initié à ses lois, il se découvre droits et devoirs en miroir avec les autres de sa classe d'âge et de son sexe. Avec la nubilité, initié au travail qui lui permet de conquérir sa subsistance, il se cherche compagne ou compagnon de vie pour le désir charnel et l'accomplissement de sa génitude dans la fécondité avec l'autre (ou les autres) néces-

saire(s) à l'accomplissement de son œuvre de chair et à
l'éducation de ses enfants. Sa descendance. Le miroir à
nouveau dans ces rencontres et dans sa descendance lui
sera piège, car toujours le désir en s'accomplissant
demande son plaisir. La chair et le cœur sont exigeants
et l'être humain est jaloux de son identité fétichique tissée
à son corps. Il se piège à l'image de son désir, qui se veut
désir de l'autre, assuré contre la mort et sa déchéance; il
se piège dans la reconnaissance de ceux qu'il aime et qu'il
veut s'attacher. Il fuit ceux qui lui rendent une image
peu flatteuse de lui et ceux qui, s'il s'identifiait à eux,
feraient déchoir l'image qu'il veut garder de lui et donner
à voir aux autres.

Ce tableau que je viens de brosser rapidement recouvre
tous les comportements humains, mais ce processus
psychologique du miroir de nous-mêmes dans l'autre
ne suffit pas à comprendre ce qui est spécifique dans
cette parabole initiatrice à la Nouvelle Alliance de Dieu
avec les hommes, que Jésus révélait sur le fond de l'an-
cienne alliance — qu'il n'abolissait d'ailleurs pas, mais
qu'il transcendait. Le miroir n'est pas aboli, il reste le
ressort des agissements de ce monde, celui des sens. Mais
Jésus nous révèle au-delà du royaume de ce monde (celui
des mirages et des apparences), celui de la vérité.

La nouvelle alliance entre les hommes, issue de la
Nouvelle Alliance entre Dieu et les hommes, dépasse
les conditionnements de sexe, d'âge, de race, d'éthique
comportementale des échanges ordonnés par la loi.
Celle-ci, édictée par les chefs politiques reconnus tels,
est nécessaire à l'ordre d'une société temporelle. Cette
Nouvelle Alliance concerne tous les êtres humains, quels
que soient leur niveau de développement et leur langage,

leur ethnie. C'est une alliance d'amour en vérité, une alliance spirituelle, où tous, devant Dieu, sont égaux.

> G.S. : Que voulez-vous dire? Celui que Jésus nous donne en exemple pour y reconnaître notre prochain, celui que nous avons à aimer toute notre vie comme nous-même s'est bien comporté en miroir ré-humanisant pour celui qu'il a·secouru? Non?

F.D. : Oui, certes, et il a contribué à ce que, corps et âme réunis à nouveau chez le blessé, celui-ci reprenne sa route, son destin qui, sans son intervention, se serait arrêté dans le fossé où ses attaquants l'avaient laissé pour mort.

Mais, là où est la nouveauté, à la limite choquante et révolutionnaire pour les juifs à qui il parle, c'est qu'un Samaritain n'est pas un modèle recommandable pour les juifs croyants. Et, autre nouveauté, il n'attend rien en retour, ce Samaritain, homme de commerce, de la part de celui qu'il a sauvé. Il ne sait même pas qui il est. Un voyageur comme lui. C'est tout. Quant à son geste, si opérationnel et efficace qu'il soit, il est peu spectaculaire. Je le disais radin, ce Samaritain; c'est vrai, deux deniers donnés à l'aubergiste auquel il confie le blessé, ce n'est pas beaucoup; pas assez sans doute, puisqu'il lui dit qu'il le dédommagera du surplus si les soins lui coûtent davantage.

En conséquence, de cette générosité chiche, celui qu'il a sauvé devra l'aimer toute sa vie comme lui-même! Or il ne le connaît même pas. Et s'il apprend de l'aubergiste la qualité de son sauveur, elle est piètre! Un quelconque

Samaritain qui passait par là, un « pas bien vu », un « pas bien généreux », un impie, un haï des juifs. L'aimer toute sa vie, n'est-ce pas une parabole scandaleuse?

> G.S. : Et pour vous c'est important pour la Nouvelle Alliance?

F.D. : Oui, et pour la bonne nouvelle qu'est cette Nouvelle Alliance. Vis-à-vis du mystère de la création, de leur existence précaire inaugurée dans la faiblesse de l'enfance et menacée à plus ou moins brève échéance par l'inexorable mort, les humains ont depuis toujours tenté de pallier leur impuissance par l'imaginaire espoir d'amadouer ces puissances magiques qui président au destin des hommes. Offrandes et sacrifices de biens acquis par le travail, d'une partie des richesses nécessaires à leur sécurité, d'une partie de leur temps donnée à la prière, glorifications et suppliques sont ainsi adressés aux forces mystérieuses qui se manifestent dans la nature, et qu'ils nomment leurs dieux. Tels les adultes tout-puissants de leur petite enfance, ces derniers dieux ne sont pas soumis aux mêmes conditions que les humains; ils cherchent à plaire aux dieux et à se les rendre favorables : nouveau comportement infantile, comme à l'égard de leurs parents lorsqu'ils dépendaient totalement d'eux. S'ils sont malades, éprouvés, paumés, c'est que les dieux sont fâchés contre eux, qu'ils les punissent ou les abandonnent aux dangers, en réponse à leurs transgressions; ou bien c'est qu'ils n'ont pas assez trimé, payé de leur personne, pour amadouer leur courroux, pour leur plaire et acheter leurs faveurs.

Au temps de Jésus, ceux qui, depuis Moïse, croyaient

en un Dieu unique duquel ils avaient reçu des lois de comportement individuel et social (concernant droits et devoirs entre eux et ce Dieu, entre enfants et parents, entre époux, entre adultes, le savoir du tien et du mien, des possessions terriennes, le savoir du plaisir permis ou non) projetaient leur semblance sur l'image comportementale de ce Dieu unique, puissant, possessif, créateur, maître d'un peuple marqué dans sa chair de son appartenance à lui (comme l'était le cheptel à la marque de son propriétaire). Ce Dieu dans la crainte duquel tout juif devait vivre, était aussi bon à ses heures (les pères les plus sévères ne le sont-ils pas?), mais c'était un Dieu jaloux et vengeur.

Les prophètes qui parlaient en son nom annonçaient ses foudres en châtiment des faiblesses et des transgressions des lois religieuses et sociales. Les juifs projetaient sur ce Dieu les sentiments qu'ils nourrissaient à l'égard de ceux qui ne leur donnaient pas satisfaction ou à l'égard de leurs pères lorsque, enfants, ils se dérobaient à l'autorité absolue. Celle-ci n'était-elle pas de droit divin aussi? Et sa parole, vérité? Les humbles, les faibles ont toujours dû se soumettre aux plus forts, à ceux qui sont bien vus de Dieu ou qui, référant leur autorité et leur pouvoir à lui, imposent aux petits et aux humbles leur loi, souvent scélérate, au nom de ce Dieu qui, puisqu'ils sont forts, justifie leur comportement. Ceux qu'ils frappent d'indignité n'ont donc que ce qu'ils ont mérité. On ne doit plus commercer avec eux. Exclus de la communauté sont les transgresseurs. Soustraits de cette communauté ceux qui, sans le savoir peut-être eux-mêmes ou sans que les autres le sachent, ont dénié la loi ou désobéi. S'ils sont faibles, malades, stériles, pauvres, éprouvés, c'est parce qu'ils ont péché. Quant aux autres, les étrangers qui ne s'entendent pas sur ce langage, qui ne reconnaissent pas ce Dieu, ou qui en servent d'autres, ce sont les ennemis ou, s'il faut bien les admettre, parfois commercer avec eux, pas de « fraternisation », pas de concubinage, pas de mariage, pas de métissage et, dans les conflits, pas de pitié. « Chiens », « gentils », « impies », méconnaissant le Dieu d'Israël, ils sont méconnus de lui. Impurs, ils sont interdits d'amour.

Loi naturelle et loi judaïque, voilà ce que cette parabole vient transcender d'une façon radicale, sans pour cela l'annuler (lisez bien : le prêtre n'est pas blâmé de s'écarter ni le lévite de passer son chemin).

Une petite histoire qui n'a l'air de rien et qui révèle dorénavant aux hommes la chaîne subtile de l'amour qui nouvellement les relie à jamais, tous fils d'hommes et de femmes, participant à l'amour vivifiant, inextinguible et inconditionnel, la Nouvelle Alliance de Dieu et de son peuple. La nouvelle alliance des hommes entre eux.

G.S. : C'est une histoire qui va très loin en nos cœurs.

F.D. : Reste toujours vrai ce qui déjà l'était avant Jésus et le restera tant qu'il y aura des hommes, le fait psychologique que, reconnu un jour, une heure, un instant par un être humain comme un être humain à son image, nous l'aimons et il est notre âme. Il est vrai aussi que, rencontrant un petit, un démuni, un esseulé et le reconnaissant semblable à nous, nous lui donnons âme en l'aimant. Cela n'est pas dénié par la parabole du Samaritain. Mais elle, elle va beaucoup plus loin.

G.S. : Au-delà du miroir, au-delà de l'âme liée à notre identité?

F.D. : Oui, bien au-delà. Elle nous révèle le royaume de Dieu, où le désir n'est plus lié à notre âme à sauver ou à perdre, liée elle-même au destin de notre corps temporel et spatial et à sa connaissance égarée ou réfléchie dans le regard d'un autre où nous mirer. Cette parabole nous révèle de l'amour sa vérité agissante, hors de toutes les apparences, et dégagée tout autant du sentiment esthétique de la séduction (valeur du désir en notre monde), que du plaisir-récompense ou de la douleur-punition de la faute (erreur du désir).

Cette parabole nous dit que si, humilié, dépouillé, vaincu au combat de la vie et de la mort, abattu par la souffrance, ayant perdu la face, de notre fait ou du fait des autres, livré alors dans la solitaire détresse aux forces naturelles décohésives de notre être, un autre reconnaissant en nous sa semblance, nous a par sa présence et son efficacité agissante rendu visage et dignité humaine parmi les hommes, celui-là, quel qu'il soit, c'est notre prochain, aimons-le comme nous-même.

G.S. : Cela ne veut pas dire que nous devions rester attaché à sa personne, ni lui à nous, ni nous reconnaître en lui.

F.D. : Jésus dit : « Va et fais de même. » En souvenance de lui, agissons envers les autres par amour pour lui, comme il l'a fait pour nous. Ces autres, à leur tour, ne sont pas obligés à notre égard, car c'est nous qui sommes leurs obligés d'avoir pu grâce à eux agir notre amour.

Eux, libres de leur vie, agiront à leur tour comme nous avons agi à leur égard. C'est la liberté des enfants de Dieu qui ne connaît plus faute ni péché, mais l'amour vivant au-delà de toutes les séparations (fût-ce la mort du corps), au-delà des valeurs connues du désir, de ses pièges, de ses jouissances partagées et complices, de ses épreuves mutilantes. Cet amour transcende masques et miroirs, mensonges et certitudes de ce monde, pour nous conduire, d'expériences en expériences, d'actes en actes d'amour, à son inconnaissable source.

Tel est, me semble-t-il, le message révolutionnaire et initiatique de la parabole du bon Samaritain.

Table

Du même auteur

Quand les parents se séparent
en collaboration avec Inès Angelino, 1988

Autoportrait d'une psychanalyste (1934-1988)
en collaboration avec Alain et Colette Manier, 1989
coll. «Points Actuels», 1992

CHEZ D'AUTRES ÉDITEURS

L'Éveil de l'esprit de l'enfant
en collaboration avec Antoinette Muel
Aubier, 1977

La Difficulté de vivre
Interéditions, 1981
Vertiges-Carrère, 1986

Sexualité féminine
Scarabée et Compagnie, 1982

La Cause des enfants
Laffont, 1985

Solitude
Vertiges, 1986

L'Enfant du miroir
Françoise Dolto et Juan David Nasio
Rivages, 1987

Tout est langage
Vertiges-Carrère, 1987

La Cause des adolescents
Robert Laffont, 1988

Paroles pour adolescents
ou Le Complexe du homard
avec Catherine Dolto-Tolitch
en collaboration avec Colette Percheminier
Hatier, 1989

Correspondance (1913-1938)
réunie par Colette Percheminier
Hatier, 1991

COMPOSITION : IMPRIMERIE FLOCH À MAYENNE
IMPRESSION : BRODARD ET TAUPIN À LA FLÈCHE (6-94)
DÉPÔT LÉGAL : 1er TRIM. 1980. No 5404-6 (6196 J-5)

Collection Points

SÉRIE ESSAIS